Saka & Chorefuji Presents
ある魔女が死ぬまで
-終わりの言葉と始まりの涙-

CONTENTS

すべての始まりは、
たった一言の『死の宣告』だった。

何万、何億という星たちが、
燦然と空に広がり、
月明かりに満ちていた夜空が、
今は星によって照らされている。
空の中心には天の川が走り、
深宇宙の星間ガスの彩りすら見え、
夜を美しく鮮やかに染めていた。
「たぶん、この光景は
世界の果てに行かないと
見られないでしょうね」

「見てなさい、七賢人の実力」
そしてグッと、手を握りしめる。
その時だった。

「お前、死ぬよ」

開口一番、お師匠様はそう言った。

私、見習い魔女ことメグ・ラズベリーは。

「あと一年で」

死ぬらしいのです。

ある魔女が死ぬまで

-終わりの言葉と始まりの涙-

著：坂
イラスト：コレフジ

Character

メグ・ラズベリー Meg·Raspberry

英国・ラピスの街に住む見習い魔女。
師から余命一年を宣告される。
ポジティブおばけ。少し口が悪い。

ファウスト Faust

二つ名は『永年の魔女』。
七賢人の一人。メグの師であり育ての親。
全てを見通す千里眼を持つ。

祈 Inori

二つ名は『英知の魔女』。
七賢人の一人。極東出身。普段は
製薬会社で新薬開発に従事している。

ソフィ・ヘイター Sophie·Hayter

二つ名は『祝福の魔女』。
十七歳で七賢人入りを果たした天才。
じつは食いしん坊。

フィーネ・キャベンディッシュ Fine·Cavendish

メグの親友で理解者。
とても可愛らしく心優しい少女。

第1話
余命一年の
魔女

すべての始まりは、たった一言の『死の宣告』だった。

「お前、死ぬよ」

開口一番、お師匠様はそう言った。


私、見習い魔女ことメグ・ラズベリーは。

「あと一年で」

死ぬらしいのです。


午後一時、静かな書斎。

空は晴れ、雲は緩やかに流れる、秋口の穏やかな一日。

そして今日は、私の十七歳の誕生日。

突如として放たれたその言葉に、私は思わず「プッ」と噴き出した。

「何ですかお師匠様。突然冗談なんておっしゃって」

「冗談じゃない。お前は死ぬ運命にある」

何でもなさそうにお師匠様は言うと、何でもないように書類をパラリとめくる。

時計が秒針を刻む音と、窓から聞こえる鳥の鳴き声だけが静寂を際立たせた。

「嘘《うそ》ですよね？」

「嘘じゃない」

「サプライズなんてしたことないだろう」

「わかった！　テレビのドッキリだ！」

「バラエティに出るように見えるかい？」

「見えないです……」

お師匠様はいつもと同じ口調で、私をまっすぐ見た。

「残念だけど、これは事実だよ。お前は死ぬんだ、メグ・ラズベリー。それも、あと一年後にね」

穏やかな日にはふさわしくない『死』の言葉に、私は息を呑《の》む。

私が、死ぬ？　あと一年で？　ホワイ？　何故《なぜ》？　どうして？

同じような言葉ばかりが頭に浮かんだ。

「お師匠様。一応……今日、私の誕生日なんですけど」

私の言葉に「わかっているさ」とお師匠様は頷《うなず》く。

「それでも誤魔化すわけにはいかない。お前は死ぬ。そしてこのままじゃお前の死は避けられない」

「死ぬって言っても……一体どうして？」

「呪いだ」

「呪い？」

お師匠様は神妙な顔で頷く。

「お前は呪いにかかってる。余命一年の『死の宣告』の呪いにね。十七歳になった今、その呪いが発動したんだ」

「死の宣告？」

その名前は初耳だった。

「現代の魔女が知らない、古い呪いさね。生まれつきの持病みたいなもんでね。十八歳になると体内時計の制御がきかなくなる。すると、通常の千倍の速さで老いていく。三日で約十歳、一ヶ月で百歳老いる。どれだけ長くても一ヶ月で死ぬ呪いさ」

「こわっ」

口にしたものの、あまり実感はない。

すると、お師匠様は「メグ、ちょっとこっちおいで」と私を手招いた。

「何でしょうか」

「いいからジッとしてな」

お師匠様は静かに私の額に指を当てる。

「彼《か》の者に情景を示せ」

お師匠様がそう唱えると、私の脳裏に一つの映像のようなものが流れ込んできた。俗に言うビジョンというやつだ。

浮かんだのは、老婆がベンチで一人寂しく座る情景だった。ヨボヨボガタガタで、まるで生気がない。歩けば足元から崩れ落ちそうで、どこかで見たような気もする老婆の姿。

すると、老婆は突如として胸元を抱きかかえ、苦しそうにうめき出した。

そしてそのまま泡を吹き、ばったりとベンチに倒れ、動かなくなる。

それは、一人の老婆の死の瞬間を映し出していた。

「何じゃこりゃ……」

突然の凄惨な光景に、私は言葉を失う。

そんな私のリアクションを予期していたように、お師匠様は頷いた。

「今のは、一年後のお前の姿だ」

「私っ⁉　今のが⁉」

「そうさね。あれが呪いにかかったものの末路だよ。老人になり、まともに動くことすらできなくなる。未来のお前は、そんなふうにして死ぬんだ」

「そんな……」

お師匠様の声は真に迫っていて、冗談を言っているようにはとても思えない。

私が見たあの老婆には、確かに私の面影があった。映像を見ていると言うよりは、まるで実際に体験しているかのようなリアリティ。認めたくはないが、あの情景に映し出されたのが未来の私だということは確からしい。

「呪いを解くにはどうすればいいのでしょうか……」

「方法はない。今のところね」

「呪いをかけた犯人はどこにいるんです？　お師匠様ならわかるでしょう。そいつを捕まえて、解呪方法を聞き出せば……」

「生まれつきって言ったろ。言い換えりゃ病気なのさ。お前は病気だ」

「十七歳のうら若き乙女に何てこと言いやがる」

「一年間面倒見てやるから、安らかに眠りな」

無茶苦茶冷たいなこの人。仮にも十数年一緒に暮らしてきたのに、薄情にも程がある。もう少しこう、愛弟子《まなでし》に対する愛情とかないのか。愛か。愛ってなんだろう。平和とは。穏やかな食卓。今日の晩ごはん。市場のタイムセールはいつだ。いろいろ考えた。

私が呆然《ぼうぜん》としていると「まぁ、冗談はさておき」とお師匠様は続ける。

「助かる方法がないわけじゃないよ」

「笑えない冗談言ってないで、早く話してくださいよ……」

「まぁ、難しいのは確かさ。時間的にも、内容的にもね」

そう言ってお師匠様は透明なビンを取り出した。

それは、手のひらに収まるくらいのサイズで、香水のビンに似ていた。六角形にカットされており、分厚いガラスのため頑丈なのが見て取れる。ただ、古いのか、表面がずいぶんとくすんでいた。

「何か変な形のビンですけど、そのゴミみたいなものは一体……？」

「ちったぁ口を慎みな。とは言え、確かにこれは何の変哲もない普通のビンだ。今はね」

「今は？」

するとお師匠様は、そっとビンに手をかざした。

「この瞬間を刻み留めよ」

その呪文には聞き覚えがあった。時魔法だ。魔法をかけられたビンは、全体的に魔力を帯び、薄《う》っすらと虹色のオーラのようなものをまとう。魔力が込められたのが、感覚でわかった。

「今、このビンに魔法をかけた。お前は今日から、ここに感情の欠片《かけら》を集めるんだ」

「感情の欠片？　何ですそれ？」

「文字通り、人が抱く強い感情さね。お前はそれを集める」

「強い感情」

「命の種ってのがあってね。人が持つ喜怒哀楽の感情のうち、喜びの感情で作られたものだ。それを作る」

「どうやって作るんですか？」

「このビンを使う。ここに私の時魔法を込めておいた。絶対にはがれない強力なやつをね。このビンは感情の欠片を結晶にし、保管してくれる。お前はここに、いろんな人の喜びの感情を集めるんだ。人が喜んだ時に流す涙……嬉《うれ》し涙《なみだ》をね」

「嬉し涙……」

「嬉し涙は命の種を生む材料だ。命の種はお前の命を不死にする。つまり、タイムリミットがきても寿命を保ってくれるのさ」

お師匠様はそう言うと、ポンとビンを叩《たた》いた。

「私が永年の魔女になった時もこの命の種を使った。お前も同じことをするんだ。この種を使えば、自分で種の力を解かない限り歳《とし》は取らない。そうすれば、体内時計の制御がきかなくなっても死にはしない。もちろん呪いで死ぬこともなくなる。満足するまで生きて、時がくれば種の力を解けばいい」

「つまり、私は不老不死になる？」

「術を外さなけりゃね」

「おぉ……」

何だかすごい話になってきた。

ちょっと前までぺーぺーの見習い魔女だった私が不老不死。それはつまり、永年を生きる魔女のお師匠様と同じになるということでもある。まさしく役得とはこのことだろう。愛だね、愛。愛ってなんやろホンマ。

「もう、お師匠様ったらぁ。何だかんだ弟子が可愛《かわい》いんでしょ。それで、一体どれくらい涙を集めればいいんですか？」

「千人分だ」

時が止まったような気がした。

「……はい？」

「千粒集めんだよ。量にして約二百ミリリットル。人が本当に喜んだ時に流す涙を、十二ヶ月で、千粒だ」

「それって……簡単です？」

「人は悲しみや痛みで涙を流しても、喜びで涙を流すことはそうない。少なくとも、私は百年かかったね。いろんな魔法を使って、命を延ばして、ようやく永年の魔女になったんだよ」

「一年でできます？　それ」

「言ったろう？　可能性は限りなく低いって。奇跡でも起こせる魔女じゃなけりゃ、不可能に近いよ」

「さいですか……本当にクソみたいな話ありがとうございました」

「ちょっとメグ！　どこ行くんだい！　待ちな！　メグ！」


私、見習い魔女ことメグ・ラズベリーは。

あと一年で。

死ぬらしいのです。

○

私は小さい頃に両親を失ったらしい。

らしい、というのは両親のことについてあまり記憶がないのだ。何故亡くなったのかは知るよしもない。

ただ、孤児になった私を哀れに思い、受け入れてくれたのが、お師匠様だった。

――おいで、今日からお前は家族だ。いいね、メグ・ラズベリー。

幼かったあの日、お師匠様に初めてかけてもらった言葉は今も覚えている。

何だか今日は、そんな昔のことを思い返してしまう。

魔女の館を出た私は、近所の河原の土手に座っていた。街と魔女の森の中間にあるこの場所は、自然が豊かで落ち着く。デートスポットでもあるらしく、時折カップルがいちゃつく忌々しい場所でもあったが、今日は人がいなくて静かだ。

青空がその瑞々《みずみず》しい色彩で世界を包み、柔らかな陽《ひ》の光が世界を美しく輝かせる。秋口で気候も涼しく、頬をくすぐる風も心地よい。

こんな穏やかで過ごしやすい日に、私は『死』を知ったのだ。

今日は私の、十七歳の誕生日なのに……。

私は死ぬ。死ぬってなんだろ。誰にでも訪れるもの、状態、概念、生命のすべてが至る場所、涅《ね》槃《はん》。どれも壮大すぎて、全く実感が湧かない。テレビの向こう側の世界だ。現実じゃない。

十七歳という若さで、体もピンピンしているのに、急にあんなヨボヨボになって死ぬなんて言われても現実味なんて湧くはずもなかった。

ただ、見せられた衝撃的な映像だけが記憶に残り、正直気分が悪い。

もし本当に私があと一年で死ぬとするならば、私が今までやってきたことって何なんだ。

馬鹿みたいに毎日魔法の勉強をして、馬鹿みたいに仕事して。

一生懸命やってきたはずなのに、そのすべても無駄だったというのか。じゃあ私が生きてる意味ってなんだよ。

なんで死なねばならんのかもわからなければ、残された時間が私にとって何なのかもわからない。

自暴自棄になりたいけれど、いまだにどっかでドッキリじゃないかとか思う自分もいて、暴れ散らかすこともできない。

誕生日なのに最低の気分だ。

私が力なく土手に寝転ぶと、私の顔を何かが覗《のぞ》き込《こ》んできた。

「キュウ」

使い魔のカーバンクルだ。

お師匠様が喚《よ》び出《だ》したこの生きものは、フェレットと狐《きつね》を足して二で割ったような外見をしている。毛並みは翠色《みどりいろ》で、まるでエメラルドを思わせる美しい動物だ。頭も良く、時折人間より聡明《そうめい》な一面を見せてくる。

私を覗き込んだカーバンクルは、顔をペロペロと舐《な》めてきた。どうやら私を励ましてくれているようだ。

「なんだよー、可愛い奴め」

しっかりしているように見えて、カーバンクルは甘えん坊だ。私はその体を持ち上げると、そのまま引きずり込んで彼の腹部に顔面を埋めた。生きものの熱が顔面に伝わる。もふもふして心地よい。

「わしゃわしゃしゃしゃ、ウヒヒ、気持ちええのうワレ。ウヒヒヒぐふグフフフフ」

私がよだれを垂らしながら全力で愛《め》でてやると、カーバンクルは「ギャインギャイン」と喜ぶ。

そう、喜んでいるのだ。決して拒絶されているわけではない。それはもう、絶対に。

「あ、ファウスト様のとこのおねーちゃん」

不意に声がして顔を上げると、五歳くらいの女の子が私を見つめていた。

知らない子だったが、特に疑問は抱かなかった。私のお師匠様こと『永年の魔女ファウスト』は魔法界でトップクラスの魔女である。世の大半の人が、魔女と聞かれれば魔女ファウストの名をあげるだろう。その関係で、必然的に弟子である私も街では顔が知られるようになった。こうして見知らぬ街の人に話しかけられるのは珍しいことではない。

少女は、私が気付くと嬉しそうに近づいてくる。

「何してるの？　こんなところで」

「ちょっとね。黄昏《たそがれ》とるのよ。休憩中みたいなもん」

「ふーん。その子、可愛いね」

「でしょ。撫《な》でてみる？」

「うん！」

少女はカーバンクルを撫でながら、「可愛いー」と黄色い声をあげる。

撫でられたカーバンクルは心地よさそうに目を細めていた。

私の時と反応が違うね？　君？

「あなた、ここまで一人で来たの？　結構街から距離あるけど」

すると少女は元気よく頷いた。

「うん！　私ね、ファウスト様にお願いがあって来たの！」

「お師匠様にお願い？」

「ママがゆっくり眠れるように、たくさんのお花をあげてくださいって！」

「どゆこと？」

「私のママね、今までずっと入院してたんだけど、やっと病院から出られたの。でもずっと眠ったまま起きないの。パパが今まで頑張ってきたから、これからは休むんだよって。だから、ゆっくり眠れるように、いい匂いのするお花を飾ってあげようと思うの」

「ふーん……」

話を聞いていて、どうやら彼女の母親は、長い闘病生活の末に命を落としてしまったらしいとわかった。そうとは知らず、この子は母親にお花をあげたいと無邪気に言っているのだ。

あぁ、そうか。この子もまた『死』を知らないんだ。

何故だかその姿が、不意に自分と重なる。

花、か……。

「ねぇ、もし良かったらさ、あなたのお母さんにお花あげるの、お姉ちゃんにやらせてくれない？」

「本当？」

「うん」

私はニッと笑った。

「お姉ちゃんが、あなたのお願い叶《かな》えてあげる」

○

私と少女は、一緒に街に通じる道を歩く。

「そういえばおねーちゃんのお名前、私知らない」

カーバンクルを抱きかかえながら、少女が尋ねてきた。

そんな彼女に、私はやれやれと肩をすくめる。

「人に名前を尋ねる時は自分から名乗ってみなよ」

「知らない人にお名前教えちゃダメってパパが言ってたよ？」

「これが教育面におけるパラドックス……」

そのような押し問答を数分繰り返したあとに、ようやくお互い自己紹介を済ませた。少女の名はアンナと言うらしい。街の中心街にあるお医者さんの家の子だと言う。

「お医者さんの子かぁ……」

確かに言われてみればそう見える。立ち振る舞いや話し方がこの歳の子にしてはしっかりしている気がした。良《い》い家庭で育ったのだろう。

「それで、ママにあげる花って、どんなのがいいの？」

「んーとね、ママが好きなお花！」

「だからそれ何や」

「ピンク色の、素敵なお花！　ママが昔見たんだって！　たくさん咲いてて、とってもキレイで！もう一度見たいって、いっつも言ってた！」

「えー？　漠然としてるなぁ。ピンク色の花って言っても山ほどあるし……。花の名前とかわかんないの？」

「全然わかんない」

「わからないのにお願いしようとしたの？」

「うん。ファウスト様なら大丈夫かなって」

「そんなわけ……あるな」

　確かにあのくそばば……お師匠様なら千里眼を使って過去視できたかもしれない。不確定な未来を見抜くにはいろいろ制約があるみたいだが、確定された過去であれば容易に視《み》ることができるという。もちろん私にはそんな芸当できない。無理に決まっとるやろ。

「ごめんねアンナちゃん。お姉ちゃんまだ未熟だから、お師匠様みたいに一発で見つけ出すのはできないんだ」

「そっかぁ、でもいいよ、元気出しなよ」

「はい、すいません……」

何やら引っかかるものを覚えたが、細かいことを気にしてはならない。

「昔見た思い出の花か……。ねぇ、その話ってお父さんも知ってたりする？」

「えー、わかんないけど、パパだったら家にいるよ！　来る？」

「うん。連れてってよ」

アンナちゃんのお父さんに聞けば、ヒントがあるかもしれないな。

私たちはアンナちゃんの家に向かうことにした。


しばらく川辺の道を歩くと、やがて街の入り口が見えてきた。

英国にある人口十万人程度の地方都市ラピス。

古いレンガ造りの建物が目立つこの街は、中央都市ロンドから離れた場所にある、いわゆるベッドタウンだ。

都心部につながる都市鉄道があり、地下鉄も現在敷設中である。街の中央には広場があり、そこから商店街や住宅街へ向けて、四方に大きな道が走っている。

広場の中心に古い時計塔が建ち、街に鳴り響く鐘の音が夕刻の合図だ。

市場は毎日賑《にぎ》わい、街の北部には自然公園もある。

古い街並みと、人と、自然が調和する、歴史ある街がラピス。

そして、そんな街の外れにあるのが魔女の森であり、私とお師匠様が住む魔女の館なのだ。

大都市になると数多くの魔女が住むものだが、ラピスに住む魔女は私とお師匠様だけ。

「お、見習い魔女ちゃんじゃねぇか。またファウスト様のお使いか？」

「へへ、そんなもんでごぜえやす」

「ファウスト様のとこの姉ちゃんじゃん。仕事？」

「さよう……」

「おや、ファウスト様のとこの。珍しいねこんな時間に。揚げ芋できたけど、食べるかい？」

「おばちゃんありがと、この子の分ももらえる？」

「あいよ」


この街には気さくな人が多い。魔女であろうと、気軽に接し、受け入れてくれる。

二人で揚げ芋を口にしながら歩いていると、アンナちゃんがカーバンクルを撫でながら、私の顔をマジマジと見つめているのに気付いた。

「どったの？」

「お姉ちゃん、有名人なんだね」

「そりゃそうだよ。何せあの七賢人の一人ファウストの弟子なんだから」

「しちけんじん？」

「世界でトップレベルに賢い七人の魔導師のこと」

この世界には、魔女や魔法使いといった、人智《じんち》を超えた特別な力を操る存在がおり、それらを人々はひとまとめにして『魔導師』と呼ぶ。

そんな魔導師の中でも、国際魔法協会に認められた七人の魔導師が『七賢人』だ。

私のお師匠様『永年の魔女ファウスト』は、その中の一人。古い魔女の教えを体現化する偉大な魔女だ。

古来、魔女は人のために力を使い、人は魔女に感謝の証《あかし》を渡してきた。

そうした古い魔女と人との関係を、お師匠様は今も守り続けている。

だからお師匠様は、たくさんの街の人から頼られ、慕われていた。

そして私は、その偉大な魔女の愛弟子というわけだ。

「じゃあお姉ちゃんも、いつかファウスト様みたいになるの？」

「そりゃあもちろん――」

なる……つもりだった。

死ななければ、きっといつかは、なれたかもしれない。皆に慕われる、すごい魔女に。

ずっとそれを目標に、今までそれなりに頑張ってきたつもりだ。

なのに、その行く末が、あんな一人寂しく死ぬ老婆の姿なのだとしたら。

少し、あんまりすぎるんじゃないだろうか。

私がやってきたことって何なんだ。どうして私なんだ。

その疑問ばかりが頭に浮かぶ。

「だー！　畜生がぁ！」

「わっ！　ビックリした！」

「アンナちゃん、暗い話題はこれくらいにして、さっさと行こう！」

「暗い話なんていつしたっけ？」

「あぁ、よくよく考えたら全然してないな！　細かいこと気にすんな！」

「お姉ちゃん変なの」

「生まれつきだよ！」

昔から面倒くさかったり辛気くさかったりすることを考えるのは苦手だ。

そんな私を、人はポジティブモンスターと呼ぶ。


アンナちゃんの家は、街の中心街にある戸建ての家だった。父親が開業医で、自宅と病院が併設されているらしい。

「ここが私のお家《うち》！」

「でっけー家」

三階建てのレンガ造りの家は一見するとただの民家だが、裏側は病院になっているようだ。周囲の家よりも一回り大きく、この家が裕福であることを容易に想起させる。

「どうしたの、お姉ちゃん？」

「ん？　いやね、ちょっとこの辺りに来たことある気がしただけ。そんなことより、私はアンナちゃんが羨ましいよ」

「どうして？」

「だって、綺麗じゃん、お家。きっとお金もあって、豊かなんだろうなって思って。ウチなんてもうボロボロのボロみたいな屋敷《やしき》だよ？」

「お姉ちゃんはお金が欲しいの？」

「うん。くれる？」

「あはは、ヤだ」

「クソが」

下らないやり取りをしつつ、自宅にお邪魔する。

中に入ると「パパー、お客さんだよー」とアンナちゃんが元気に奥へと走っていった。そのあとをゆっくりと追う。

アンナちゃんから解放されたカーバンクルが私の足元にやってきたので、何となく手を伸ばし、肩に乗せてやろうとした。

すると、廊下の隅にホコリが溜《た》まっているのが目に入る。

よく見ると、細かい汚れがそこかしこにあるのがわかった。掃除はしているものの、手入れが行き届いていないという印象だ。家事に慣れていない人がやっているのだろう。

「医者の家なのにずいぶん衛生管理が悪いね」

「キュウ」

廊下を少し歩くと、開いたドアから光が漏れているのがわかった。どうやら自宅と診察室がそのままつながっているらしい。

そっと中を覗く。アンナちゃんと父親らしき男性がいた。

「アンナ、診察室に勝手に入っちゃダメじゃないか」

「パパ！　お客さんだよ！」

「お客さん？　病人かい？」

「誰が病人じゃい」

思わず突っ込むと、父親と目が合う。

メガネを掛けた、短い金髪の、物腰柔らかそうな男性。

その瞬間、私も男性も「あっ」と声を出した。

「なんだ、ヘンディさんじゃん」

「あれ？　ファウスト様のところの……」

「メグだよ。メグ・ラズベリー」

「あぁ、そうだ。メグちゃんだ」

「お姉ちゃんとパパ、知り合いなの？」

キョトンとするアンナちゃんに、私は頷く。

「知り合いも何も、ヘンディさんはうちのお得意様だよ。それに私、よく見たらここに何回か来たことあるな」

「そうなの？」

「うん。よく薬の発注をしてもらっててね、私が薬を届けに来てるんだ。道理で何か見覚えのある家だと思ったんだよね」

「まぁ、いつもは病院側から入ってもらってるし無理もないさ。アンナとも、会ったことなかったかな？」

「今日初めて会いましたよ」

昔は薬といえば魔女が調合して作るのが当たり前だった。

魔女が薬を提供し、医者がそれを治療に使う。そうした交友関係が、長い歴史の上で築かれてきたのだ。

だが、現代では、薬は業者から仕入れるのが当たり前になったし、薬を作る魔女もずいぶん減った。

テレビに出たり、学者になったり、アイドルのような扱いを受けたり。

魔女のあり方も、魔法のあり方も、年々変わってきている。

今どき魔女だって、わざわざハーブや薬草を調合して摂取するようなことはしない。

でも、魔女が作る魔法薬を使えば、医者が提供する薬の効果を高めることができる。魔法のかかった薬なんて気持ち悪くて使えないと言う人もいるから、魔法薬を使う医者はあまりいないけれど。ヘンディさんは、魔女の薬を使ってくれる良識ある医者の一人だ。

彼は魔女が作る薬の医学的価値を知っている。

ヘンディさんはふと首を傾《かし》げると、「それで、どうしてメグちゃんがここへ？」と尋ねてきた。

その質問に、アンナちゃんが嬉しそうにピョンと跳ねる。

「お姉ちゃんはね、ママにお花あげに来てくれたの！」

「花？」

「お母さんのお墓にお供えする花を、お師匠様にお願いしに来てくれたんです。お母さんがゆっくり眠れるようにって。それで、代わりに私が……」

私が耳元で言うと、ヘンディさんは表情を変えて「そっか」と呟《つぶや》いた。

その表情はどこか優しく、どこか寂しい。

「アンナちゃんのお母さんが好きだった花って、覚えてません？」

「花かぁ……。よく飾ってくれてはいたけど、何が好きなのかはちょっと覚えてないなぁ」

「うむぅ。ヒントなしかぁ。何か手がかりがあると思ったんだけど」

私が頭を掻《か》いていると「そうだ」とヘンディさんが手を叩く。

「アルバムがあったな。何かわかるかもしれない。書斎にあるから取ってきてごらん」

「じゃあアンナ、見てくるね！」

「あっ、ちょっと、アンナちゃん。私も一緒に……」

トトト、と声をかける間もなく、アンナちゃんは部屋から小走りに出ていってしまった。

ヘンディさんと目が合って、フッと、どちらからともなしに笑みがこぼれる。

「元気な子ですね」

「お陰様でね。妻は病弱だったんだけど、あの子は元気に育ってくれた。死んだ妻も喜んでたよ」

「亡くなって間もないんすか、奥さん」

「一週間も経《た》ってないんだ。……すまないね、本当ならファウスト様のところにもご挨拶するつもりだったんだけど。葬儀も身内だけで済ませてしまって」

「いいよ、先生も大変だったろうし」

何だかしんみりした空気が流れる。

こういう空気は苦手だ。

「って言うか、すいません。仕事中にお邪魔しちゃって」

「ああ、気にしないでよ。丁度午前の診察が終わったばかりだから。せっかくだし、お茶でも飲んでいくかい？」

「喜んで」

○

ヘンディさんに連れられ、私たちはキッチンへと足を運ぶ。

キッチンに入る前に、ふと洗面所に目が行った。

洗面所に残ったままの三本の歯ブラシ。子供用が一本と、大人用が二本。

よく見ると、キッチンにもマグカップが三つあったり、お皿が三枚ずつ揃《そろ》えられていたり。

アンナちゃんのお母さんが暮らした痕跡は、そこかしこで見て取れた。

そっか。

まだこの家の時間は、止まったままなんだ。

「どうにも片付けが手につかなくてね。いろいろとそのままなんだよ」

ヘンディさんはポットでお茶を沸かしながら、困ったように笑った。

「妻のものも、徐々に片していかないとダメなんだけどね」

その姿は、何だか力がない。生気が薄れているような印象を受けた。会話をしているのに、心がどこかに置いてけぼりになっているような、そんな印象。

「なんか手伝うことあります？」

「お客さんなんだから、座ってていいよ」

家主がそう言うならばお言葉に甘えるか。私はソファに座り、何気なく部屋を見渡す。

すると、薬草を保管したビンが棚に置かれているのに気が付いた。こんなふうに薬効のある植物をわざわざ調達して管理している人は結構珍しい。

「薬草が気になるかい？」

「すごい数……。しかも結構珍しいのが多いですね」

「以前、魔法薬の素材が手に入りにくいってファウスト様がぼやいてたからね。薬草の取り扱いに詳しい友人から仕入れるようにしたんだ」

「たまに素材を持ち込んでくれてたのはそういうわけでしたか」

治療で幅広い種類の魔法薬を提供できるよう、素材集めから行っているのか。その努力に脱帽する。

「そっちのハーブも薬用ですか？」

見ると、薬用の植物とはまた別の棚に、いくつかハーブが入ったビンが並べられていた。葉や茎を乾燥して細切れにしたものが、ビン一杯に入っている。

「あぁ、そっちは妻が趣味で集めてたハーブだよ。何に使うのかは知らないけど……」

そう言いながらヘンディさんはガタガタ棚を開いたり、キョロキョロと辺りを見回していた。

「何してんですか」

「いや、お茶っ葉を探してるんだけど見当たらなくてね。妻が死んでからお茶を飲むことなんてなかったから」

「しっかりしてくださいよ。今どきの男は家事もできなくちゃ」

「アハハ……耳が痛いね」

「お茶っ葉ならここにありますよ」

私は立ち上がると、ハーブの入ったビンを手に取る。

「それ、お茶っ葉なのかい？」

「ハーブティーってあるでしょ。たぶんそれに使ってたんじゃないですかね。一種類でもいろいろ効能があるし、ブレンドしても美味《おい》しいんですから。私こういうの得意なんで任せてくださいよ」

私はハーブをいくつか吟味する。

その中で一つ、気になるハーブがあり、思わず手に取った。

「これって……」

こんなものまであるのか。かなり珍しい。せっかくなので、これもお茶に使わせてもらおう。

キッチンペーパーの上にいくつかのハーブを載せ、テーブルの上に置いた。

そのまま内側の魔力の流れを意識し、そっと手をかざして十二節の呪文を唱える。

「草木　我が命《めい》の元に　その内なる力　示せ　汝《なんじ》　あるべき姿　ここに齎《もたら》し　糧として　一部となり　共に在れ　我ら常に　共にあらん」

すると辺りが暗くなると同時に、ハーブをほのかな光が包んだ。魔力反応を起こしているのだ。プスプスと煙が昇り、香りが広がる。

「すごぉい！」

いつの間にか戻ってきてたアンナちゃんが、私の手さばきを見て瞳を輝かせた。

「これが魔法？」

「そだよ、すごいでしょ」

「うん」

「本当、見事なもんだね」

いつの間にかヘンディさんもこっちに来て感心したように頷いている。

「お姉ちゃん、今の何やったの？」

「ちょっと葉を燻《いぶ》しただけだよ。こうすると味と風味が良くなんの」

「何でもできちゃうの？」

「それはちょっと無理。魔法をかけるのにも知識がいるから」

魔法というと、無限に何でも起こせる奇跡の技と思われているが、実際は違う。魔法にも分野があり、現象や物質の知識がないと思った効果を出すことはできない。

火を起こすのなら物質に摩擦熱を発生させる。

水を出すのなら元素分解と結合を執り行う。

爆発させるのか、燃焼させるのかでも、やり方が異なる。

原理を理解し、その間に神秘を割り込ませるのが魔法なのだ。

だから、魔導師となるにはそれなりに知恵が必要だし、当然それぞれ得意分野とそうでない分野がある。私は薬学や植物学を勉強しているし、科学や化学を勉強する魔法使いだっている。知識がなければ、魔法は使いものにならない。

中でもお師匠様が使用する『時魔法』は別次元の難易度だ。

時間論自体は物理学や哲学の分野と考えられ、時魔法にはそれらを補完するあらゆる知識が必要となる。

お師匠様は千里眼も使えるので、知識を経て構築した時魔法を、更に人体構造学や医学を通じて肉体に影響させ、時を読んでいると推察される。

私には無理だな！

「そういえばアルバムは？」

「あ、そうだ。持ってきたよ」

アンナちゃんは手に持っていたアルバムを机の上に置く。ずいぶん分厚くて、表紙も少し古い。長年使ってきたのだろう。

開いてみると、全ページにわたってたくさんの写真が入っていた。

ヘンディさんと、綺麗な女性が一緒に写っている。この人がアンナちゃんのお母さんだろう。目鼻立ちはスッと整っているけれど、どこか儚《はかな》げな印象を受けた。


最初の頃はヘンディさんと奥さんの二人で。

途中からアンナちゃんが加わって三人で。

一つの家族の歩みと歴史が、このアルバムに収められている。


「ずいぶん旅行写真が多いな……」

「僕も妻も旅行が好きでね。アンナが生まれる前は、よく一緒に世界を巡っていたよ」

「優雅だなぁ。私も世界旅行とか行ってみたかったよ」

「ファウスト様はよく世界に出てるじゃないか」

「あれは仕事です。そして、私はお留守番。付いていっても、足手まといになるだけでさ」

「じゃあ、いつかメグちゃんが一人前になったら、ファウスト様も助手として連れていってくれるんじゃないかな」

「いつか……？」

その『いつか』は、もう私には来ない。

思わずそう言いそうになって、言葉を呑み込んだ。誤魔化すように、ページを進める。

ヘンディさんと奥さんの旅行写真は多岐にわたっていた。米、独、仏露に東洋。まさしく世界旅行だ。

私が写真を眺めていると、横からヘンディさんも「懐かしいなぁ」と声を出す。

「ほら、この写真。東洋に行った時のやつだよ」

「和の装飾の建物が多いっすね。ちょっと伝統的っていうか、古いっていうか」

「あそこは昔の文化が残ってるからね。妻はこの国の旅行が、特にお気に入りだったな。絶対アンナをまた連れていくって、よく言ってたよ」

「ふーん、そんなに素敵な国なんだ」

「食べものとかは結構独特だったね。生食用の魚が出たり、揚げ物も見たことのない形で、いろいろ新鮮だったよ。でも一番印象的だったのは、この国でした不思議な経験だったな」

「不思議な経験？」

首を傾げると、ヘンディさんは頷いた。

「山際の寺院を見に行った時のことなんだけど、雪が降ってたんだ。すっかり春で、暖かかったのに。不思議だったな」

「春なのに雪が降ってたんですか？」

「しかも、空は晴れててね。そんなこと起こるはずないのに、ピンクの雪が舞い落ちてきて……本当にキレイだったなぁ。僕も妻も、ずっと目を奪われてね。今もずっと印象に残ってるよ」

「へぇ、暖かい季節に降る、ピンク色の雪……か」

写真に残っていないかと探してみたが、どうやらそれらしいものはなさそうだった。

「……今思えば、何もやってあげられなかったな」

ポロリとこぼれるように、ヘンディさんは呟いた。

「入院する前、春になったらアンナを連れてこの国に行こうって言ってたんだ。でも、アンナが生まれてからは、ほとんど家のことも任せきりで。家族を食わせなきゃって、その一心で頑張ってきたけれど、仕事仕事で頭が一杯になっていて。こんなことなら、無理をしてでも旅行くらい行けばよかった」

ヘンディさんの中には、今も消えない心残りがあるのだろう。

奥さんのために何もしてあげられなかったこと。

医者として奥さんを助けられなかったこと。

そうした、小さな積み重ねが、少しずつ心の中に降り積もっているのかもしれない。

彼の小さな背中と、弱々しい微笑《ほほえ》みを見つめていると、そう感じてしまう。

ページを進めると、やがてアンナちゃんが写真に登場するようになった。最初の方が異国で写したものばかりだったのに対し、後半は国内で撮られたものばかりだ。

家や、ラピスの自然公園、親族の集まり。

最後の方は、病院のベッドに座って、アンナちゃんとお母さんが一緒に微笑んでいる。

アンナちゃんのお母さんは、ずいぶん痩せこけていた。

「奥さんは、いつから病気に？」

「ちょうど一年前くらいかな。大きな病気を患って、そこから闘病生活さ」

「一年……」

私の余命と同じ長さだ。

アンナちゃんのお母さんは、一体いつから死を覚悟していたのだろう。

写真に写っている姿からは、とてもそんな悲壮な様子は感じられない。

むしろ、こんな穏やかで幸せそうな顔はめったに見られないと思う。

どの写真を見ても、アンナちゃんのお母さんは笑っている。

この人はきっと、幸せだったんだ。

今の私がもし死んだとしても、きっとこんなふうには笑えない。何となくそう感じてしまう。

ふと、家で撮った写真に、どれも花が写り込んでいることに気付いた。

バラ、ヤグルマギク、アイリス、スズラン、カモミール、ムクゲ、シャクヤク、マツリカ、ハイビスカス。かなりいろんな種類の花を飾っている。

「この花は、いつも奥さんが？」

私が尋ねると、ヘンディさんは頷いた。

「あぁ。生花店で買ってきたり、薬草の仕入れと一緒に持ってきてもらったりね。いろいろ工夫して、いろんな花を飾ってくれてたんだ」

「ママの飾ってくれたお花、いつも綺麗だったよ」

「それはすごいな……すごいけど……」

これでますますわからなくなった。

アンナちゃんのお母さんに、一体どんな花をあげればいいんだろう。考えれば考えるほど答えが見えなくなり、頭から湯気が出てきそうになる。

「うがー！　もうこんがらがってきたぁ！」

ガリガリと頭を掻く私を見て、ヘンディさんは苦笑した。

「とりあえず一旦休憩にしようか。せっかくメグちゃんが用意してくれたお茶もまだ飲んでないしね」

「そういえばそうだった……」

お湯を温め直してお茶っ葉を入れ、数分蒸らしてカップに注ぐ。

カップにお茶を注いだ瞬間、柔らかで豊かな香りが広がった。

「すごーい！　いい匂い！」

目を輝かせるアンナちゃんを見て、私はニシシと笑った。

「でしょ？　ハーブティーは美味《うま》いんだよ。実は隠し味も入れてるんだ」

「隠し味？」

その時だった。

口に広がるお茶の味と、鼻腔《びこう》に広がる花の香りが、私の中で一本の線になった。

春の季節、気候は穏やかで、山際を歩いた時に降っていた、ピンクの雪。

家に飾られた花が、アンナちゃんやヘンディさんのために用意されたものなのだとしたら。

お供えすべき花は、これしかない。

「ねぇ、アンナちゃん。お母さんの寝てるところってここから近い？」

「うん。すぐだよ」

「じゃあ連れてってよ、今から」

私はニッと笑った。

「ピンクの雪と、お母さんが見たかったお花、見せたげる」

○

アンナちゃんのお母さんは、家から五分ほど歩いた先にある墓地に眠っていた。

「立派なお墓だね。ここにお母さんが眠ってるの？」

「うん」

私が墓石にそっと手を触れると、足元のカーバンクルが、物珍しげに鼻先を擦らせた。

加工され文字が刻まれた石は、どこか無機質で、どこか暖かい。

この下に『死』が眠っているのだ。

「本当は知っているんだ、私」

「何を？」

「ママはもう起きないんだよね」

アンナちゃんは、表情を変えずにまっすぐ遠くを見つめて、静かにそう言った。それはどこか、あふれ出す悲しみを抑えているようにも思える。

「そっか。アンナちゃん、わかってたんだ……」

お母さんが死んで、もう会えないこと。戻ってはこないこと。

この子は、全部わかっていて、ずっと我慢していたんだ。

まだ、人が死ぬということを正しく理解していなくとも、肌で感じ取っている。

「ねぇお姉ちゃん」

「どした？」

「世界一の魔女でも……ママを起こせないの？」

人を生き返らせる。

魔法史においても、何人もの魔導師がその研究に生涯を捧《ささ》げてきた。

だけど、それはできなかった。

何度もお師匠様に言われたことだ。

人を生き返らせるなんて傲慢なことだと。

世の流れを知り、理《ことわり》の声を聞き、それらを汲《く》み取《と》るのが魔法なのだと。

だから、私たちは今目の前にあるものを受け入れ、そして自分ができる限りのことをしなければならない。

「うん。誰もアンナちゃんのお母さんを起こすことはできない」

どう答えたらいいのかわからなかったけど、嘘をつきたくなかったし、嘘をつくべきではないと感じた。

私はアンナちゃんから目を逸《そ》らさず、ゆっくり話す。

「この世には神様が決めた決まりがあってね、私たちはその決まりには逆らうことができないんだ。私たちはその決まりを、運命って呼んでる」

――お前は死ぬ運命にある。あと一年でね。

「アンナちゃんのお母さんは、運命が来たから、眠っちゃったんだ」

ついさっき、私に余命を告げたお師匠様と同じような言葉を、私は口にしている。

皮肉にも、自分が口にした言葉で、私は徐々に『死』を理解するようになっていた。

「神様に、ママを起こしてってお願いしたらダメなの？」

「ゾンビっているじゃん」

「うん」

「あれが何で人を襲うか知ってる？」

「知らない。何で？」

「爆睡してたのに無理に起こしたからだよ。キレてんだよ」

「じゃあ、ママも起こしたらキレるの？」

「ブチギレだよ。だからみんなびびって起こせないんだよ。神様もね」

「寝すぎだね、ママ」

「そんだけ頑張ったんだよ。だから寝かせてあげよう。それが人ってもんだ」

「人ってもんかぁ……」

「アンナちゃん、お花を咲かせてもママは起きない。それでも、花を咲かせたい？」

「うん」

「どうして？」

「きっと、ママは喜ぶから」

アンナちゃんは、まっすぐ私を見つめる。

「ママが眠っちゃう前にね、アンナに言ったの」

「何を？」

「パパをお願いねって」

その言葉を聞いた時、胸が震えた。

「パパ、ずっと元気なくて。いつも、ママの写真を見て悲しそうな表情をしててね。だから、ママがゆっくりおやすみできたら、パパも安心できるかなって」

「ひょっとして、お花を用意しようとしたのは、パパのため？」

私が尋ねると、彼女は小さく頷いた。

「ママにゆっくり眠ってほしいし、パパにも元気でいてほしい」

そっか。

ママとの約束を守るために、この子はずっと、たくさんのものを抱えていたんだ。

アンナちゃんは、突然大切な人がいなくなるなんて、きっと思ってもなかったはずだ。

母親がいなくなって。

父親も落ち込んでいて。

何とかしたくて、どうしようもなくて。

それで、アンナちゃんはうちに来たんだ。

最初は、何もわかっていない小さな子が、無邪気に母親の好きな花をおねだりに来たんだと思った。

でも違う。

この子は、必死で母親の死を受け止めようとして、残された父親を支えようとしていたんだ。

ヘンディさんだけじゃない。気丈に振る舞ってはいるけれど、アンナちゃんの中にだって、ポッカリと大きな穴が空いている。

自分だって苦しくて、寂しいのに。

一生懸命、家族のために頑張っていた。

その強《したた》かさに触れて、私の胸は震えたんだ。

自分が死ぬことすらイメージできない私より、アンナちゃんの方がずっと深く『死』を知っているのだと、私は気付いてしまった。

「おーい」

不意に背後から声がして振り向くと、男の人が手を振って歩いてきていた。ヘンディさんだ。

「よかった、合流できて」

急いで来たのか、ヘンディさんは肩で息をしている。

「ヘンディさん、何でここに？」

「どうしても気になってね、午後の診察は遅らせてきた」

「仕事しろよ」

私の言葉にも、ヘンディさんは困ったような笑みを浮かべる。

まったく、ダメな親父《おやじ》だ。ダメダメだ。

でも、そんなダメな親父の背中を、私は押してやる必要があった。

止まってしまったこの二人の父娘《おやこ》の時を、今の私なら動かせる気がする。

家族を失うということが……大切な人を失うのがどういうことなのか、知ることができたから。

彼らの心の穴を埋めるには、これしかない気がした。

「それで、メグちゃん。妻が好きだった花の正体、わかったのかい？」

「うん。と言っても、確証があるわけじゃないんだけど」

私は、墓石にそっと手を置く。

「ヘンディさん、アンナちゃんのお母さんがあんなに花を飾ったのは、花を通してアンナちゃんに、自分の見てきた大切な光景を届けようとしてたからだと思う」

「大切な光景？」

「ヘンディさんと旅行に行った思い出の風景だよ」

私はそっと二人を見た。

「アンナちゃんのお母さんが飾ってたのは、全部国花だったんだ」


バラは米国。

ヤグルマギクは独国。

アイリスは仏国。


アンナちゃんのお母さんが飾っていたのは、全部ヘンディさんと旅行に行った国の国花だった。

「幼いアンナちゃんに、大好きだった国の花を見せることで、少しでもアンナちゃんに世界を見てもらおうとしていたんじゃないかな」

「そうだったのか……」

「そして、最後に一つだけ。どうしても用意できないものがあった。たぶんそれは、アンナちゃんのお母さんにとって、一番見せたかったものなんじゃないかって思う」

私はしゃがみ込むと、アンナちゃんの顔をまっすぐに見つめた。

「アンナちゃん。東洋にはね、ソメイヨシノって木があるんだよ」

「ソメ？」

「ソメイヨシノ。品種は桜。春先に咲く花だよ」

ヘンディさんの話にあった、春先に山際で降ったという、ピンク色の雪。

棚にあった薬草やハーブの中に『それ』を見つけて、私はピンク色の雪の正体に気が付いた。

見つけたのは、サクラハーブ。

桜の花びらを用いて作ったハーブだ。

通常は紅茶などに使うのだが、今日は違う使い方をする。


「我が声よ届け」


私は手のひらに握ったサクラハーブに、そっと手をかざすと、十二節にわたる呪文を口にする。

「大地の豊穣《ほうじょう》よ　木々の豊潤よ　あまねく奇跡を聞き届け　我が元にかつての色彩を蘇《よみがえ》らせよ」

辺りの光が私の手元に集まり、周囲は夜が満ちたように暗闇に包まれた。集った光は私を包み、まるで夜に光るホタルのように幻想的な輝きを放つ。魔力反応だ。

「幻影は形となり　形は夢を見せ　夢は希望を授け　あまねく奇跡はここにあり　果ては東より
その色彩を浮かばせ」

呪文が進むに連れて、私の手元にあるサクラハーブが、かつての彩りと瑞々しさを取り戻していく。

ここに苗木や種がなくとも、草木に働きかければ、疑似的に桜として構築することができる。

そのすべての元になるのが、このサクラハーブ。

先程まで緑だった木にサクラハーブの色彩を同調させ、瞬く間にその姿を美しい花に変える。光が満ち、桜の色彩が満ちあふれる。

それは決して科学では生み出せない奇跡だった。

現象と現象の間に神秘を交えることで起こす、魔法の奇跡。

力が自然と干渉し、周囲の景色を変えていく。

「美しい姿を見せて」

私が最後の一節を唱えると、一気に世界は変わった。

「うわぁ……」

感嘆の声をあげて、ヘンディさんとアンナちゃんは空を見上げ、カーバンクルははしゃぐように

走り回っている。

辺り一面が、桜の木々に覆われていた。


ピンクの雪。

そう呼ばれた無数の桜の花びらが、次々と舞い落ちていた。

「すごい……」

「桜の再構築魔法だよ。とは言っても、一時的な幻影みたいなもんだけど」

得意気に洟《はな》をすすってみたけれど、内心驚いているのは私の方だ。私が当初想定していたよりもずっと広範囲に魔法が展開されたからだ。

今、百本近い桜の樹《き》が、私たちを包むように広がっている。

数時間もすれば消えてしまうであろうその光景は、まるで奇跡のように美しくて。

本当に奇跡なのかもしれないな、なんていい加減なことを考えてしまう。

ヘンディさんは呆然と桜を眺めていたが、ふと「思い出した」と静かに口を開いた。

「もうずいぶん前、アンナが生まれる前に行った東洋旅行だ。ほら、春なのにピンク色の雪が降ったって言ったろ？　それはさ、イリスが言ったんだ。一面に舞い落ちる花びらを見て『まるで雪だね』って。それで、花びらのことをすっかり雪だと思い込んでしまってたんだな」

「アンナちゃんのお母さんが東洋に行きたかったのは、きっと、この光景をアンナちゃんに見せてあげたかったからだと思うんだ。アンナちゃんのお母さんにとって、ヘンディさんとの思い出は、絶対に忘れられない大切な思い出なんだよ。流石《さすが》に桜を用意するのは無理だから、サクラハーブを取り寄せたんじゃないかな」

「そうだったんだ……」

「それだけじゃないよ。キッチンにあったハーブ、実はヘンディさんのために用意されたものだって知ってた？　どれも、ヘンディさんの体調に合わせたものが選ばれてたんだ」

ローズマリー、ラベンダー、ハイビスカス、カモミール、ジンジャー。

神経を和らげたり、ストレスを緩和したり、体を温めたり。

キッチンにあったハーブは、リラックス効果が高いものが多く集められていた。

医者という仕事は精神的にも肉体的にも疲労しやすい。そんなヘンディさんの体調を気づかって、品種を選んでいるのがわかった。

「ヘンディさんはずっと、奥さんに苦労させてしまったことが心残りだったかもしれない。でもきっと、ヘンディさんの本当の気持ちも、奥さんはちゃんとわかってた。ハーブに、桜に、たくさんの花に……こんなにいつも家族を想《おも》ってる人、他にいないよ。奥さんはヘンディさんも、アンナちゃんも、心から愛してたんだ」

「メグちゃん……」

私は桜を見つめるアンナちゃんの手を、そっと握りしめる。

「アンナちゃん、お母さんは、きっともう大丈夫。だって、大好きなアンナちゃんに、自分が一番見せたかった花を見せることができたんだから。だからもう、安心していいんだよ」

その時。

アンナちゃんはハッとしたように目を見開くと、大きな瞳を潤ませた。

「もう……アンナ、我慢しなくても、いい？」

「うん……大丈夫だよ」

「本当？」

「本当。よく頑張ったね、アンナちゃん」

すると、アンナちゃんの瞳から、ポロリと大粒の涙がこぼれ落ちた。

「アンナね、ママがいなくなってから……ずっと、ずっと寂しかったの……。パパが元気なくて、ママもいなくなっちゃって、ずっと、ずっと……」

「アンナ……！」

ヘンディさんは、力強くアンナちゃんを抱きしめる。

「ごめん、アンナ。パパ……もう大丈夫だから。もう、アンナに寂しい想いはさせない」

「うん……！」

二人の瞳からは大粒の涙がこぼれ落ちる。それはまるで、ずっと堪えていた感情があふれ出てきたかのようでもあった。

その姿を見て、私はふと気付いた。

アンナちゃんのお母さんは、どの写真もとても幸せそうな顔で笑っていた。

それは、死ぬのが怖くなかったわけじゃない。

二人が自分のことを思い出した時、いつも笑っている姿を思い浮かべられるようにしていたんだ。

自分のことが、辛《つら》い記憶じゃなく、素敵な思い出でいられるようにするために。

「アンナちゃんのお母さんは、自分がいなくなったあとも、二人に笑っていてほしかったんだ……」

舞い落ちる桜の花びらと共に、二人の頰からこぼれた涙は小さな結晶となり。

カタリと音を立ててビンに落ちた。


「ありがとう、お姉ちゃん」

魔法が切れ、すべての桜が元の緑葉に戻る頃には、すっかり陽は傾き、影は長くなっていた。

アンナちゃんの家の前で、二人に見送られる。

「あんなんで良かったかね」

「うん。きっとママ、喜んでる」

「本物の桜じゃないけど？」

「そこはまぁ……うん」

フォローしろ。

私が嘆息していると、ヘンディさんも「メグちゃん、僕からもお礼を言わせてほしい」と頭を下げた。

「妻が死んでから、娘と二人、ずっと心が沈んでたみたいだった。でも、それだと安心して妻が眠れないなって気付いたよ。いつも僕らに笑っていてほしい。そのイリスの遺志は、きっと君がいなかったら気付くことができなかった」

「ホント、頼れる親父になってくださいよ。期待してんですから。でも結局、仕事サボっちゃったわけですけど大丈夫なんすか？」

「はは……患者さんも、今日くらいは許してくれるかな」

その時、五時の鐘の音が、ラピスの中心にある時計塔から鳴り響いた。

いつもなら、そろそろ夕飯の準備をしなければならない時間だ。

「ヤバッ！　そろそろ帰らんとお師匠様にどやされる！　じゃあ、拙僧はこれにて……」

私が踵《きびす》を返《かえ》すと、「メグちゃん！」とアンナちゃんが声を出した。

振り返ると、キラキラした、まっすぐな瞳でアンナちゃんが私を見つめている。

「メグちゃん、いつかファウスト様みたいになる？」

「えっ？　何だよー、急に」

「だってだって！　メグちゃんは、ママの大切な花を見つけてくれたんだもん！　きっとファウスト様よりずっとすごい魔女になるって、アンナ信じてる！　だから、約束して！」

「えーと……うぅ……」

言えない。

自分があと、たった一年で死んでしまうだなんて。

何をどう言ったものか。私が言葉に詰まっていると、ヘンディさんがアンナちゃんを後ろから抱きしめた。

「大丈夫さアンナ。なれるよ、メグちゃんなら。未来の大魔導師に」

そう言ったヘンディさんとアンナちゃんの顔は、心からの信頼にあふれていて。

疑い一つない、まっすぐな想いが私に伝わってきた。

父娘してそんなキラキラした顔を向けてくるんじゃないよ。何だか照れくさくて、私は思わず洟をすする。

「わかったよ！　じゃあ、いつか私がすごい大魔導師になったら、その時は幻じゃなくて本物の桜を見せたげる」

「本当!?」

目を輝かせるアンナちゃんに、私は笑みを浮かべ、はっきりと頷いた。

「ま、期待しててよ！」

◯

夕景の街並みは、私がこの街で好きなものの一つだ。

会社帰りの人や、主婦たちで市場が賑わい、レンガ造りの家からはシチューの香りがする。

一日の終わり、誰もがちょっと疲れて、ちょっと緩んだ顔をして、自分の帰るべき場所へと向かっていく。

そうした光景が、少し優しく、少し切ない。

歩いていると、不意に足元になにか温かいものが触れた。

カーバンクルがカリカリと私の足を引っ掻いていたのだ。

「そういえばあんたいたね。すっかり忘れてたわ」

持ち上げるとカーバンクルはキーキー鳴き声をあげた。怒っているらしい。

「よしゃよしゃしゃ」と頭をぐしゃぐしゃに撫でると、喜んでるのか「ギュウ……」と潰れたような声を出してカーバンクルは沈黙する。そう、喜んでいるのだ、これは。それはもう絶対である。

私はカーバンクルを肩に乗せると、来た時と同じように、街を歩いた。


「お、ファウスト様のところの嬢ちゃん！　今帰りか？」

「そっすね」

「お弟子さん、仕事お疲れ」

「お前もなー」

「ちょっとちょっと！　これ、ファウスト様に持っていっておくれ！　夕飯のおかずの差し入れ」

「あんがとおばちゃん」


街を歩くと、いろんな人の声が耳に入る。何だか今日は、その笑顔が妙に心に残る。

何となく、昔、お師匠様とこの道を歩いたことを思い出した。

幼い頃、私はよく街の子供にいじめられていた。喧嘩《けんか》して、反撃をしても数の差で負けてしまい、悔しくて街の広場で拳を握りしめていた時。

「こんなところにいたのかい、メグ」

いつもお師匠様が、私を迎えに来てくれたのだ。

「一体どうしてケンカするのかね、この子は」

「だってあいつら『邪悪な魔女の手下だ』って言うんだもん！」

私は唇を噛《か》んだ。

「お師匠様は、すごい魔女なのに……」

「そうか、私のために怒ってくれたんだね」

私が頷くと、お師匠様はどこか嬉しそうな顔で私の手を取った。

「パンでも買いに行こうか、メグ」

そう言うと、ゆっくりと、私の歩調に合わせて歩いてくれる。

「ねぇ、お師匠様。私、ここにいない方がいいのかな」

「どうしてそう思うんだい？」

「だって、私がここにいたら、どんどん皆がお師匠様のこと悪く言っちゃう……」

すると、俯《うつむ》く私の顔をお師匠様は両手で包み、グイと引き寄せた。お師匠様の大きな瞳に、私の姿が映っている。

「いいかい、メグ。自分のしたことが間違っていないと思うなら、ちゃんと顔を上げて、その胸に誇りを持つんだ」

「誇り？」

「そう。胸に誇りを抱けば、どんな時でも立っていられる。たとえ世界中が敵に思えても、ちゃんと自分の正しいと思ったことを貫ける。大切な人が傷つけられた時に戦える強さと勇気を、お前は持ってる。そこに誇りがあれば、お前は無敵だ」

お師匠様は私の目をジッと見つめると、見覚えのある不敵な笑みを浮かべたのだ。

「胸に誇りを持ちな、メグ。誇りを持つお前を、私もまた、誇りに思うよ」

そして、お師匠様は、焼きたてのパンを私に買ってくれた。

夕暮れ時、ほのかに香るパンの匂いが香ばしくて、握られた手は温かくて。

ケンカに負けたことも忘れて、この時間がずっと続けばいいのにと、幼心に思ったのを覚えている。

「メグ、見てご覧。宵の一番星だ。綺麗だろう」

「うん……」

そのお師匠様の声に、幼い頃の私は居場所をもらったような、生きていていいと言われたような、そんな気がしていた。

その時の私たちの姿は、アンナちゃんとヘンディさんが手をつないだ姿によく似ていたと思う。

お師匠様は、私に『死』を告げた。

でも、何となくわかっていた。それが、ただ余命を宣告したわけじゃないと。

お師匠様がやることには、いつも意味がある。

少なくとも、本当に無理な課題を出して、私を絶望させるようなことは絶対にしない。

「いつか大魔導師に……か」

見上げた空には夜の色が混ざっており、あの日と同じ宵の一番星が輝いていた。

私が大切な居場所をもらった、あの日と同じ一等星が。

「あんなこと言っちゃったら、まだ死ねそうにはないね、こりゃ」

私が呟くと「キュウ」とカーバンクルが鳴いた。

「お前、何だか嬉しそうだな？」

「キュイ？」

「生意気な奴め」

私はカーバンクルをそっと撫でた。

○

すっかり日も暮れた頃、ようやく家に着くことができた。

帰った私を見るやいなや「何だい何だい」とお師匠様はどこか嬉しそうに声を出す。

「死んだ魚みたいな顔で帰ってくると思いきや、ずいぶん光を取り戻してるじゃないか」

「人を魚と一緒にしないでいただきたい」

私はふてくされた顔でそう言うと、ビンに入った涙らしきものをお師匠様に見せた。

二人の瞳から流れた涙は、小さな丸い粒となり、ビンの底を転がっている。まるで水晶を丸く切り出したみたいだ。

「ねぇお師匠様、これって嬉し涙すかね」

「どれどれ……」

お師匠様はそっとビンを手に取ると、しげしげと眺め
「違うね」

ピシャリと、そう言った。

「これは喜びと悲しみが混ざった涙だ。純粋な嬉し涙じゃない」

「じゃあ、命の種には使えない？」

「そうなるね。本来なら」

お師匠様はそういったあとも、まじまじとビンを眺めていた。何でも見通すお師匠様にしては、ずいぶんと興味深げに。

「嬉し涙じゃないけど、清らかな涙だね。普通にはない強い力を感じる」

「清らか？」

「ああ、綺麗で澄み切った優しい感情だ」

「だからビンが間違って集めちゃったってことですか」

「かもしれないね」

そう言ったお師匠様は、何だか嬉しそうだ。

「あの……なんか喜んでます？」

「お前は、人の心を開かせることができる魔女なんだね」

「そんなもんできたところで、クソの役にも立ちまへんがな」

「ちったあ素直に褒め言葉を受け取りな」

「大体、なんで一年前になって今さら呪いの話なんてしたんすか？　せめてあと五、六年あったら……」

私はそこで言葉に詰まった。

「五、六年あったら、成し遂げられたって？」

「いえ……」

自分の性格なんてよくわかっている。

そんな時に言われても「時間があるから」って何もしないで、ひょっとしたらそのまま最期の日を迎えていたかもしれない。

「死の宣告が見えるようになるのは一年前からだ。持病であることも、十八で死ぬことも、そこで初めてわかる」

「お師匠様ほどの大魔導師でもですか？」

「ああ、そうだよ。例外はない。因果がすべて塗り替わる。それだけ強力な呪いだってことだ。それに、お前もわかってるだろう」

お師匠様はそう言うと、柔らかく笑みを浮かべた。

「今のお前だから、言う価値と、運命に抗《あらが》う力があるんだよ」

「運命に、抗う……」

「それで、どうするんだい？　メグ」

「どうするって？」

「このまま諦めて死を受け入れるのか、わずかでも生き残る可能性にかけるのか。お前が決めるんだ」


今日一日を通して、わかったことがあった。

私にはまだ、叶えないとダメな夢や、守らないとダメな約束があるということ。

私が生きることを、望んでくれている人がいるということ。

大切な人のために、私は生きねばならないということ。

そして、私はまだ、運命に抗うことが許されているということ。

「まったく、最低な誕生日プレゼントですね。お師匠様」

私はそっと、顔を上げる。

「やります」

気がつけば、そう答えていた。

「嬉し涙千粒、集めてみせます」

私が言うと、お師匠様はいつになく不敵な笑みを浮かべ、私をじっと見た。

その言葉を待っていた。そう言いたげに。


「やるだけやってみな、メグ・ラズベリー。今日から一年間に、お前のすべてをかけるんだ」

私は、そっと息を呑むと、

「わかりました」

ただ、それだけを答えた。

これは、余命一年を宣告された未熟な魔女が起こす、奇跡の物語。

第2話
見習い魔女の
普通の一日

見習い魔女の朝は早い。

日の出と共に目が覚めるのはもはや習慣ではなく習性である。

「あぁ、眠てえ……」

まだ薄暗い中、もそりもそり体を起こすと、二匹の獣が寄ってきた。

使い魔のカーバンクルとシロフクロウだ。

カーバンクルは、お師匠様が召喚した幻獣だ。何故か私に懐いたため「あんたが気に入ったようだね」とそのまま引き継がれた。

シロフクロウは、親鳥が死んでしまったヒナを私が拾って使い魔にした。お師匠様いわく「白い色彩をまとうのは神の使いだよ」とかなんとか。

どうでもいいな！

お師匠様には山ほど使い魔がいるのだが、私の使い魔はこの二匹だけ。どっちもとても聡明で魔力が強いとはお師匠様談。


「この子たちは智恵を持ってる。とても賢い子たちだよ。あんたよりもずっとね」

「はは、ご冗談を」


あの時のお師匠様、冗談を言う顔ではなかった。

まさかね。

「おはよう諸君」

ボーッとしながら私が撫でてあげると、二匹とも嬉しそうに目を細めた。羽毛と獣毛を程よくモフると、そのまま眠りに落ちそうになる。そこで慌てたように使い魔二匹に叩き起こされるのが、私の朝の風景。

「ふわぁあ……」

あくびを大ボリュームで解き放ちつつ、ポットでお湯を沸かす。お茶を淹《い》れると、そのままお師匠様の書斎に向かった。ノックをすると「お入り」とドア越しに聞き慣れた声がする。

「失礼します」

ドアを開けると、既にお師匠様は老眼鏡をかけて本に目を通していた。いつからそうしていたのかを、私は知らない。

私は、永年の魔女ファウストが眠ったところを見たことがない。一流の魔女になると、眠らないなんて日常茶飯事なのだろうか。私にはちょっと信じられない感覚だ。

「おはよう、メグ」

「おはようございます……」

「あんた朝の挨拶はシャキッとしな――」

するとお師匠様は目を丸くした。

「なんだいお前、ズタボロじゃないか」

「ふふ、朝から目覚ましに襲われましてね……」

私が恨めし気に言うと、二匹の使い魔が申しわけなさそうに頭を下げた。

そんな私たちの様子を見てお師匠様は「朝から何馬鹿やってんだい」と呆《あき》れたように、どこかおかしそうに、肩をすくめる。

「これ、紅茶っす」

「あぁ、悪いね」

紅茶をゆっくりと口にして、お師匠様はほぅと一息吐く。その姿を横目に、私は起き出した小動物たちに餌をやる。千を優に超える動物たちは、どれもこれもお師匠様の使い魔だ。ここにいるのは全体の三分の一程度だが、それでもすごい数である。

使い魔たちは朝飯を求めて、毎度毎度私の足元に集まる。人を自動餌やり機か何かと勘違いしているのではないか。

それを肯定するように彼奴《きゃつ》らは私を取り囲んで業務用のひまわりの種やらトウモロコシやらをわらわらと食べ出す。食べ残しがあるとお師匠様にどやされるので、ちゃんと全部食べてくれる。

「よーし、ごはんあげるからね。わしゃしゃしゃしゃしゃ、よしゃしゃしゃ」

小動物をしつけるうちに、私自身も怪しい飼育法を身につけるようになった。こうしてると、自分が魔女ではなく飼育員ではないかと思うことがある。

書斎を出てふぅと一息吐くと、そのままキッチンに向かった。

頭にシロフクロウ、肩にカーバンクルを乗せた異様な状態のまま、朝食を作る。

パンとサラダとベーコンエッグ。それからフルーツ。

もう何年も変わらない、これが我が家の朝食の基本形。

作り終える頃、どこからともなくお師匠様がやってきて、二人で卓についた。

私たちの食事は、いつも穏やかだ。

「メグ」

「へい」

「今日はちょっと仕事に専念するからね。家のことは頼んだよ」

「ふい。急ぎの仕事っすか？」

「米国の政治家絡みでちょっとね。魔法協会を通した依頼だから、あと回しにするわけにはいかない」

「はえー、大変ですね。私ゃ政治経済はよくわからんです」

「ちったあニュースでも見たらどうだい。世の流れを知り、その流れを汲み取り、形にする。それも魔女の役割だよ」

「政経より今日の昼ごはんのこと考えてる方がお似合いですよ私には」

「否定はしないね」

「否定して」

朝食を終えると、お師匠様は宣言通り部屋にこもってしまった。

こうなると食事の時以外は姿を見せない。人の常識を逸脱した集中力で、お師匠様は課題をこなす。

どんな分野でも集中力があれば大成できる、といつかお師匠様は言っていた。

では何故私は大成していない？　集中力の化身と言ってもおかしくないはずなのに。おかしな話である。

「とりあえず掃除すっかぁ」

「ホゥ」

「キュウ」

私の独り言に応えるように、シロフクロウとカーバンクルが返事した。

○

「これで全員だね」

雑巾にエプロン、バンダナ。右手には掃除機。

完全武装した私の前には、この家に存在するすべての使い魔たち。

「いいかいお前たち！　お師匠様が見ていなくとも、掃除はしっかりやるんだよ！　家が澱《よど》むと心も澱むからね！」

私の声に、小動物たちが真剣な顔で私を見上げる。

準備は万端だ。

「始めぇ‼」

私の号令を合図に、使い魔たちが一斉に散り散りとなり、掃除を開始した。それに負けじと私も掃除機を持って廊下を走り回る。

部屋の掃除、モップがけ、本の片付け、そのあとに洗濯、洗いもの。家が広いから使い魔を使わないと終わらない。

「ほらほら、そこ！　ちゃんと二匹でゴシゴシなさい！　おトイレ？　早く巣に戻ってしなさい！　そこ！　ケンカしない！　ごはん食べたでしょ！」

小動物たちと一時間ほど格闘したあと、ようやく掃除を終えることができた。

「ぶぇ～、づがれだぁ」

私が机に突っ伏すとカーバンクルが汗を拭き、シロフクロウが肩を叩いてくれる。かわゆい奴らめ。

時計を見るともう十一時か。

あと一時間後に使い魔たちにごはんをあげて、お師匠様と昼飯を取って、午後は街に買い出し。そのあと魔法の自主練とか勉強に、魔女の森の手入れか。

地獄かな？

「ん～、紅茶のいい匂い。やっぱこれだよねぇ」

私は笑顔で紅茶をすする。ホッと一息吐いて、使い魔たちもご満悦。

穏やかなティータイム。庭に机を出して、お茶を飲む。一日のこの時間が、私にとっての唯一の安息。

なのだが。

私は静かに、机をつかんだ。


「んなことやっとる場合かぁ!!」


私がキレて机をひっくり返すと使い魔たちが飛《と》び退《の》く。ドンガラガッシャーンと気持ちいい音を立ててティーポットが割れた。掃除したばかりだろうと、知ったことではない。

「もう一週間だよ！　私の貴重な寿命が一週間も使われたよ！　雑務に!!」

そう、私が死の宣告をされてから一週間が経過していた。

「さてここで問題です。私は残りどれくらいのペースで涙を集めなければならないのでしょうか！答えてみよ！」

私が尋ねると、シロフクロウが「ホゥ」と地面に字を書いた。

「い、一日三粒……？」

まさか答えられるなんて。いや、それ以前に、日平均で三人を嬉しすぎて泣かせなければならないだと……？　お師匠様のお使いもこなしつつ、一日数時間の限られた状況で？

「待て待て、この間の二粒集めるだけでも結構苦労したゾ。しかも嬉し涙じゃないし。あれに更に一粒加えて、嬉し涙が出るまで粘れと？？？」

シロフクロウとカーバンクルが頷く。

「うがー！」

私は頭を掻いた。転げ回る。机の角で足をぶつけて「どぅおぉぉぉぉ!!」と悶《もだ》える。

まずい、まずいまずいぞ。

このままでは余裕で死ぬ。

「一日に一番時間を取られてるのは家事と雑務だから、その元凶を消せばなんとか……。ということは、まずあのくそば……お師匠様を消さないと」

しかし全くイメージできない。

七賢人の一人を私が倒す？

やろうと思えば国一つを一人で消せるであろう魔女を、私が？

ははっ、ご冗談を。

「ワンチャン、毒とか使ったら無理かな。トリカブトとか、麻痺《まひ》の薬香とか……毒？」

その瞬間、私の中に電撃が走った。

薬だ。薬を使って涙を流させればよいのだ！　人のホルモン操作をし、アドレナリンを分泌させ、強制的に涙を出させる涙腺崩壊薬を開発し散布すれば一瞬である。

思い立ったが吉日。

私は早速いろいろな薬草を混ぜ合わせ、魔法をかけ、試薬を作成した。適当に作ったからすぐにできた。

「あとはこれを誰で試すかだけど……」

私は使い魔をチラリと見る。二匹はビクリと体を震わせた。安心させようと、私は薄い笑みを浮かべる。そう、三日月のようなニッコリとした薄笑いを。

「大丈夫大丈夫。全然心配ないって。死にはしないから」

言いながら、優しく、しかし絶対に放さない腕力で首根っこをひっ捕まえるとカーバンクルは死にものぐるいでもがいた。シロフクロウが私の後頭部をゲシゲシしばいてくる。

「仕方ないでしょ！　人類の進歩のためには、犠牲はつきものなんだから！　こらえてつかあさい！」

私が使い魔二匹とドタバタしていると「何やってんの？」と声がした。

ピタリと動きを止め、一人と二匹してそちらを見る。

「また馬鹿やってんの？　あんた」

立っていたのは、友達のフィーネだった。

○

フィーネ・キャベンディッシュ。

地方都市ラピスに住む学生で、年齢は私より一つ下。今年でもう十年以上の付き合いになる、私の親友だ。

目鼻立ちの整った顔に、美しいブロンドの髪、安価でありながらもオシャレで小綺麗《こぎれい》な服は、彼女のセンスと育ちの良さを想起させる。ボサボサの髪の毛を束ねて誤魔化し、古くさいローブを羽《は》織《お》り、薄汚れた靴を履いて、化粧もしていないどこぞの小汚い見習い魔女とは大違いだ。誰が小汚いじゃ。

「何騒いでんのよ」

「ほほほ、ほんの些細《ささい》で些末で微細なことでしてよ」

私はフィーネを油断させるべく、薄ら笑いを浮かべながら使い魔たちと机を片す。

「いま、美味しいお茶を淹れるわ。ほら、お師匠様のお気に入りのティーカップよ」

「わぁ、素敵なカップ」

コトリと置かれたカップにフィーネが見とれている間に、私はお茶を淹れてくる。

鮮やかな手付きで注いだカップの中には、先程作った試薬《あれ》が混ぜてあった。

気付いた使い魔の二匹がギョッとした顔をする。

「これ、何か変なの入ってないでしょうね」

注がれた紅茶を見て、フィーネは訝《いぶか》し気《げ》な目をこちらに向けた。こういった鋭い直感を発揮された時、彼女との付き合いの長さを思い知る。

「な、なななにをケチつけてくれてるのかしら。ぶちのめすわよ」

「怪しい……」

「特製のお茶なんだから、飲んで頂戴。ほれ、ほれほれほれほれ」

「も、もう……わかったわよ……」

訝し気な目をしながらも、フィーネはカップを手に取り、口に運ぶ。

口先が徐々に紅茶に近づいていく。

もうすぐカップが彼女の艶《つや》やかな唇に触れようとした、その時。

「どらっしゃあぁぁぁぁぁぁぁ!!」

私はフィーネからカップを奪い取ると、全力で壁に叩きつけた。バリンと音を立ててカップは砕け、お茶が飛び散る。

「だぁぁぁぁぁぁ!!　お師匠様のお気に入りのマグカップがぁぁぁぁぁ!!」

「あんたマジで一人で何やってんの？」

その時のフィーネの顔を、私は生涯忘れることはないだろう。

人間があんなにドン引きした顔を、私は知らない。


「薬品入りのお茶を私に飲ませようとしたぁ!?」

「ごめんよぉ、後生だよぉ、許してよぉ、ふぇーん」

足元にすがりつきながらグズグズになっている私を見て、フィーネは呆れたようにため息を吐いた。

「それで、何でこんなもの飲ませようとしたの」

「もうこうするしか方法がないんだよ……。あたしゃもうダメだぁ！」

私はすべてゲロした。

自分があと一年で死ぬこと、嬉し涙を千粒集めねばならないこと、それなのに貴重な一週間をどこぞの魔女の小間使いで消費してしまったこと。

その話をしたフィーネは、最初は冗談かと思って笑っていたものの、やがて本当だと知るにつれ神妙な顔になっていった。

「メグ、本当に死ぬの……？」

「うん。呪いでしゅ」

「呪いって……ファウスト様がいるなら、治せないの？」

「無理だって言われた。生まれつきの持病みたいなもんだって」

「それで嬉し涙千粒かぁ。確かに、人の嬉し涙なんてハードル高そうだね」

「実際高いよ。見てよこれ。一週間で二粒。しかも嬉し涙じゃないの」

私がビンをフィーネに見せると、フィーネは興味深そうに中を覗き込んだ。ビンの底には、ほんのわずかに結晶があるのがわかる。二人分の、透明な涙の粒。

「へぇ、こんなふうになってるんだ。私、魔法のことはよくわかんないけどさ、何て言うか、綺麗な涙だね。清らかっていうか、純粋っていうか。余計なものがないように感じるよ」

「清らかねぇ。私にはよくわからん」

私がビンをフリフリすると、カラカラと結晶がビンにぶつかる音がする。

ジロリと中身をにらみつける私に「でも」とフィーネが言葉を紡ぐ。

「もし、薬を使って人から無理やり嬉し涙を引き出せたとしても、あんたは納得しないでしょ」

「よくご存知で」

「何だかんだもう十年以上の付き合いですから」

「そうだね。結婚しよっか」

「それは嫌」

「そんな……」

絶望する私を、フィーネはおかしそうな、愛おしそうな顔で見つめてくる。そんな可愛い顔で見ないでほしい。浄化されちゃうから。

でも確かに、フィーネの言うように、薬を使ったりするような、無理やりなやり方じゃダメなのはわかっていた。

お師匠様は、『感情の欠片』を集めろと言っていた。

あの時ヘンディさんとアンナちゃんが流した涙は特別だ。純粋な嬉し涙じゃないけれど、感情の欠片の一種と呼んでいいのかもしれない。

だから薬や、ズルをして生んだ涙は、きっと『感情の欠片』にはならない。それじゃあ、きっと種は生まれない。

そして、そんなものを自分の命の糧にするのは、なんか違う。

「難しいなぁ、ホント」

思案する私を見て、少しおかしそうにフィーネは笑みを浮かべた。

「何ワロとんねん」

「メグ、あんた本当は優しいんだから。毒ばっか吐いてないで、たまには素直になりなよ」

「余計なお世話。……結婚する？」

「嫌」

くだらないやり取りをしたところで、私はふと疑問に思う。

「そういえばフィーネたそ、今日、うちに何か用だった？」

するとフィーネはギクリとした表情を浮かべる。

「えっ、なんでそう思うの？」

「いや、わざわざ私に会いに来るなんて珍しいから。何か用だったんでしょ？　ほれほれ、遠慮せんと言うてみ。ほれほれほれほれほれ」

すると、意を決したようにフィーネは私の方を向いた。

「実は、ファウスト様にお願いがあるの」

○

お師匠様は今日忙しいと言っていたけれど、フィーネの頼みならば話は別だ。幼き頃からの大親友のお願い、断っては女が廃る。

私が意を決してコンコンとドアをノックすると、「入りな」と穏やかな声でお師匠様は答えた。

怒られるかと思っていたけど、杞憂《きゆう》だったみたいだ。

「失礼します」

部屋の中に入ると、お師匠様は大量の書類や書籍に囲まれた状態で、何やら事務作業をしていた。

机の上には紙が一枚。魔術式を構築していたのかもしれない。

「お師匠様。少しお話があるんですが……」

「フィーネだろう。話してみな」

一体いつから気付いていたのか、お師匠様はドアの外からおずおずと中を覗くフィーネに視線を向ける。視線を受けたフィーネは「は、はい！」と慌てて部屋に入ってきた。

「ファ、ファウスト様。お、お忙しい時に申しわけありません」

「いいから。さっさと要件を言いな」

「は、はい。実は……」

「時計を直してほしい？」

書類に囲まれたお師匠様は、こちらを向いて目を丸くした。フィーネは申しわけなさそうに、おずおずと首肯する。

「その……ファウスト様にこんなことをお願いするのは恐れ多いんですけど。腕時計が壊れてしまって。時計屋さんで見てもらってもダメで、どうにかできないかなと思って」

「ふむ。どれ、ちょっと見せてみな」

「はい」

フィーネは手にはめていた腕時計を外すと、お師匠様に手渡す。

昔からはめている、見慣れた腕時計。

所々くすんだようなその腕時計には、細かな傷がたくさんついており、今は動く気配がまるでない。

本来の機能が失われてもなお、彼女はその腕時計をはめていたのだ。

お師匠様は何かを観察するように腕時計をマジマジと見つめ「精霊の気配がないね」と、そう告げた。

「精霊って、おとぎ話に出てくる、あの？」

フィーネの疑問に、お師匠様は「正確には少し違うけどね」と答えた。

「無機物であれ、有機物であれ、それが役割を果たす時、そこには精霊が宿るんだ。東洋だとそれは『付喪神《つくもがみ》』だとか『御霊《みたま》』だとか『八百万《やおよろず》の神《かみ》』だとか呼ばれてるね。ものを働かせることのできる、いわば原動力さね」

「その原動力が、ここにはないと言うことですか？」

フィーネの問いにお師匠様は頷くと、そっと私に視線を寄せる。

「メグ、お前ならわかるだろう」

「え？　ええ、まぁ……」

精霊というのは、普通の人間には見えない存在だ。それは魔女や魔法使いであっても同じなのだが、お師匠様クラスの魔女になると気配で判別することができる。

そんなお師匠様がわざわざ私に尋ねてきたのは、私なら直接的に精霊の有無を確認することができると知っているからだ。私は生まれつき目の魔力が強い。そういう体質の人は、非常に稀有《けう》なのだという。

私はフィーネの時計を見る。

お師匠様の言うように、この時計には確かに精霊がいない。正確には、存在しているのだけれど、働いていないのだ。まるで命を失ったかのように、時計の精霊は長い長い眠りについている。

それは、この時計が役割を終え、寿命を迎えたということを物語っていた。

「じゃあ、この時計はもう……」

悲し気な表情を浮かべるフィーネに「まだ可能性がないわけじゃないさ」とお師匠様が言った。

「メグ、ゼペットの店に連れてってやんな」

「ゼペット？」

首を傾げるフィーネに、私は頷いた。

「街の時計屋のおっちゃんだよ。ドチャクソボロい店なのに何故か潰れないの」

「それだけ常連客が多いってことさね。腕のいい職人は、時に死んだものを蘇らせることがある。普通の時計屋が無理でも、ゼペットならどうにかできるかもしれないね」

「本当ですか……？」

「さてね。まぁ、ダメ元で行ってみな。さぁ、用が済んだら出てっとくれ。こっちは忙しいんだ」

お師匠様の部屋を追い出され、フィーネはふぅと一息吐く。

「ファウスト様とはもう何度も会ってるけど、やっぱり緊張するなぁ。忙しそうだったし、時計ぐらいで訪ねてくるなって怒られるかと思った」

「街の人にお師匠様は怒らないよ。私には使い魔を焼き肉にしようとしただけで怒るけど」

「そりゃ怒るでしょ」

七賢人であるお師匠様は、いつだって忙しい。それでも、こうした街の人のささやかなお願いを断る姿を、私は見たことがない。

人と魔女は助け合う関係にある。そんな古い教えを、お師匠様は今も守っている。だから、どんな忙しい時でも街の人のお願いは必ず聞いてあげている。

子供も、老人も、男も女も、政治家だろうが専業主婦だろうが、お師匠様にとっては関係ない。たとえ壊れたものを直すことだろうが、世界平和につながることだろうが、お師匠様にとっては等しく平等なお願いなのだ。

それが、お師匠様が偉大な魔女として讃《たた》えられている理由なのかもしれない。

「じゃあ行こっか。ゼペットのおっちゃんはマジで腕がいいから、そこらへんの時計屋が匙《さじ》を投げることでも解決してくれたりするよ」

「そっかぁ、直るといいんだけどなぁ……」

「でもそれ、買い替えちゃダメなの？　今、安くでオシャレなのたくさん売っててんじゃん。最新の電波時計なんて狂うことを知らないし、一流のデザイナーがデザインした時計だって格好いいよ」

「うん。それはわかるんだけど、何ていうか、もう少しこの時計使いたいんだよね。愛着があるっていうか」

「ふーん……？　愛着ねぇ」

「メグは昔からそういうの、淡白だよね」

愛着か。

お気に入りのカップやら、時計やら。私には正直、よくわからない感覚だ。

フィーネにとって、それが特別なものであることはわかるのだけれど。

その時の私は、その時計が彼女にとってどんなものなのか、本当の意味でちゃんと理解していなかった。

○

目的の時計屋は、ラピスの街の商店街の端にある、小さなお店だった。

レトロな雰囲気で、はっきり言うと少し陰気くさい。普通だったら、誰もこんなところに時計屋があるだなんて気が付かないだろう。

でも私は知っている。

この店のおっさんが、誰よりも時計を愛していることを。

店のドアを開けると、白いヒゲを生やした丸メガネのおじさんが私たちを出迎えてくれた。

「おいちゃん、来たよ」

「おやファウスト様の。いらっしゃい。珍しいね。そっちの子は？」

「マイ・フェイバリット・フレンド・フォーエバー。マブダチってやつさ」

「すごい名前だね。マブダチちゃん？　英国人に見えるけど、南国出身かい？」

「南国に謝れ」

私がにらんでいるのをよそに、フィーネは我関せずで物珍しそうに店内を見回している。

「突然来てすいません。私、メグの友達でフィーネって言います。それにしても、すごい……時計がたくさんですね。こんなところに時計屋さんがあるだなんて知りませんでした」

感心するフィーネの言葉に、私もうんうんと頷いた。

「この店、ズタボロだけど何故か潰れないんだよね」

「ハッハッハ、言うねぇこの子は、ハッハッハ」

目が笑ってない。

ひしめくように時計が壁掛けられたこの店には、腕時計、目覚まし、鳩《はと》時《ど》計《けい》など、様々な種類の時計が取り扱われている。

そのどれもが正確な時を刻み、細かく手入れされているのがわかった。そして、すべての時計に、しっかりと精霊が宿っている。素人仕事だとこうはいかない。本物の職人だからこそなせる技なのだ。

「それで、今日は何か用かな？」

「うん。実は、この子の腕時計見てあげてほしいんだけど」

フィーネが時計を差し出すと、おじさんは「どれどれ」とメガネをかけ直した。

「こりゃ珍しい。かなり古い型のドイツ製ミリタリー時計だ」

「わかるんですか？」

「そりゃあ時計屋さんだからね。ずいぶんといい仕事をしてる時計だ。特に部品の細工がいい。ドイツっていうのは時計職人の国だから、職人のこだわりを感じるよ」

「それでその……直りそうですか？」

「ふむ、どうだろうね。ちょっと見てみないとわからないかなぁ。ただ、ご覧の通り今一人でね。他にお客さん来たらまずいから、一旦預かりだね」

「ふーん、それじゃあ――」


数分後。


「何でこうなるの」

げんなりとした声でフィーネはため息を吐いた。

私たちは店のカウンターに座っていた。おじさんがフィーネの時計を見ている間、店番をすることにしたのだ。

　窓からは、穏やかな街の風景。商店街の端だからか、人通りはかなり少ない。街の中心部に比べると、雲泥の差だ。私の横では、ふてくされたようにフィーネが頬杖《ほおづえ》をついている。

「メグ」

　ボーッと窓の外を眺めていると、フィーネが話しかけてきた。

「あんた、本当に死んじゃうの？」

「みたいだねえ」

「なんでそんな平然としてるのよ」

「平然としてるってか、実感がないだけだよ。悩むの苦手だし」

「あんたは昔から、ホントにポジティブおばけなんだから」

「まぁそれだけが取り柄みたいなもんだから――」

　そう言いながら半笑いでフィーネに目を向けてギョッとした。

　唇を噛みしめて、今にも泣き出しそうだったから。まるで決壊寸前のダムである。

　慌てて助けを求めようとしたが、いるのは無情に時を刻む時計のみ。

「フィ、フィーネちゃん？　ど、どしたの？」

「嫌だぁ、メグ死ぬの、悲しい。何で死んじゃったの、メグ……」

「勝手に殺すな！」

　勝手に人が死んだことを想像して、勝手に泣きかけている。とんでもない奴である。

思えば、昔からこの娘はそうだった。

普段はしっかりしているけど、人情深く、感情的で、優しくて。

私が初めて出会った時も、こんな顔していたな、なんて思い出す。


私とフィーネが初めて出会ったのは、まだ私たちが幼かった頃。私が街の子供たちとケンカして、ズタボロにされた時だった。

「だいじょうぶ？　けがしたの？」

公園で熱血青少年の如《ごと》く歯を食いしばって夕陽を眺めていた私に、声をかけてくれたのがフィーネだった。彼女は怪我《けが》をしていた私に絆創膏《ばんそうこう》を貼って、流れていた鼻血を拭いてくれた。

「ひどい、血がでてる……」

フィーネは、私の手当てをしながら、まるで自分のことのようにポロポロ泣いたのだ。

「どうしてあなたが泣くの？」

「だって、痛そうで、かわいそうなんだもん……」

泣くのを我慢していた私の代わりに、フィーネはたくさん泣いてくれた。

そんな彼女を、すぐに好きになったことを覚えている。

「ねぇ、あなた名前はなんていうの？」

「フィーネ……」

「じゃあ泣かないで？　フィーネ、私、あなたに笑っててほしい」

私が涙を指で拭うと、フィーネは少しだけ驚いた顔をしたあと
「うん！」

と笑って、目に涙を浮かべたまま、笑みを浮かべてくれたのだ。

家に帰ってそのことをお師匠様に報告すると、お師匠様は表情をくしゃりと崩して、とても嬉しそうな声を出した。

「メグ、覚えておきな。人はいつも嬉しいことを忘れ、辛いことを心に留めてしまう。でも、お前は辛いことを忘れ、嬉しいことを心に残すんだ。今日、お前を助けてくれたその子のことを忘れるんじゃないよ」

「うん、お師匠様」

真新しいハンカチで手当てをしてくれたフィーネのおかげで、私は人を嫌いにならずに済んだんだと思う。

ちなみに私をいじめた子供たちには、その後お風呂の水をすべて人糞《じんぷん》に変えるというえげつない報復を行うことになるのだが、それはまた別の話。


今も昔も、フィーネはまるで変わっていない。ずっと同じ、優しいままだ。

こうして涙を流さないように我慢しているのも、きっと幼い日の私の言葉を忘れないでいてくれ

ているから。

「そんな悲しい顔しないでよ。フィーネたそは笑ってるのが一番可愛いんだからさ。それに、私はまだ死んでないし、死ぬ気もないよ」

「メグ……」

フィーネは涙こそ流していないものの、すっかり鼻水が出てしまっている。せっかくの美少女が台無しだ。

私は近くにあった布をそっと手に取ると、フィーネの鼻水を優しく拭った。

「フィーネちゃんのカレッジ入学と卒業を見届けないとね。結婚式も出ないとだし、孫の顔も見たい。あ、旦那は一発どつくけど」

「なにそれ、あんた、私の親？」

くすっと二人して笑い合う。

「ところでメグ、それってハンカチ？」

「いや、雑巾だけど」

「……」

○

三十分も経たないうちに奥からゼペットのおっちゃんが出てきた。

「待たせたね、二人とも」

「どうだった？」

「残念だが、この時計はもう寿命だね」

おっちゃんはゆっくりと首を振った。

「部品を交換したり、なんとかできないかと思ったんだが、針もガラスもずいぶん傷んでいるし、古くて代替の部品もない。長いこと使われてたみたいだから、直すのはもうできないんじゃないかな」

「ボロクソやんけ」

「事実のみを伝えたはずだが……」

「もうちょっと言葉には気を使いなさいよ。女の子はね、繊細なんすよ。美少女は特にね。私とか」

「ははっ」

「何ワロとんねん」

そんな軽口でやりあっていると「やっぱり、そうですか……」と叱られた犬のようにフィーネは視線を落とし、その姿を見た私たちは黙った。

「この時計、おじいちゃんの形見だったから、使えなくなるのは寂しいな」

そこで思い出す。

フィーネのはめていた時計は、彼女が大好きだった亡き祖父から譲り受けたものだと。

彼女の祖父はとても温厚な優しい人で、私たちがまだ幼い頃に亡くなった。その葬儀には、私とお師匠様も参列していた。

祖父の亡骸《なきがら》にすがりつくように彼女がわんわん泣いていたのをよく覚えている。

あんな気持ちのいい泣きっぷりは人生の中でもそう見ることはないだろう。

「この時計、君が大切にしてくれたのがよくわかったよ」

フィーネの時計を見て、ゼペットのおっちゃんは静かに語る。

「何度も傷を修復したあとがあったし、バンドもつけ替えられてる。本来ならずっと前に寿命だったものが、ここまで生きられた。この時計はきっと幸せだったよ。君が持ち主で良かったって思ってくれているさ」

「……ありがとうございます」

「不思議なものでね。長年時計に触れてると、とうに限界を迎えているのに何故か動いているものと巡り合うことがあるんだ。きっとそれは、大切にしてくれた人の想いに時計が応えてくれたんだろうね。君の時計も、同じだと思うよ」

「人の想いに、時計が応える……」

今まで私は、ものにこだわるという感覚がよくわかっていなかった。私には、過去が宿るような思い出の品がないからだ。

でも、フィーネを見ていると、少しだけものに想いを宿す感覚がわかるような気がした。

大好きだった祖父の遺品であるこの時計は、彼女にとっていわばお守りのようなもので。

どんな辛い時でも、悲しい時でも、祖父を近くに感じられる代物だったのだ。

「時計はもう使えないけど、記念に保管しておくってのもありだよね……」

フィーネはそう言って微笑むも、その表情はどこか陰っていた。

きっと彼女は、自分に言い聞かせているんだ。

仕方ない、諦めないとって。

じゃあ、私がしてあげられることってなんだろう。

私は少し考えると、やがてフィーネの肩をポンと叩いた。

「フィーネちゃんや」

「どうしたの？」

「一つ、提案があんだけど」


「追悼？」

枯れ葉が落ち、木の葉が集う広場。木の枝で地面に魔法陣を描く私を見て、フィーネは目をパチクリさせる。

「古い魔女が伝統的に行ってきた、追悼の儀なんだけどさ。長く働いてくれたものに感謝を込めて、ゆっくり休んでくださいって言ってあげるんだよ。フィーネの時計に宿っていた精霊は、力を使い果たして永い眠りについてる。だから、ゆっくり休めるよう送ってあげるんだ。そのための儀式」

「そんなのあるんだ」

「万物には精霊が宿ってるってのが魔女や魔法使いの考え方だからね。魔法で力を借りることもあるし、役目を終えた精霊に感謝を捧げるのは礼儀みたいなもん」

「ちょっと宗教チックだね」

「まぁ魔法なんて宗教観の塊みたいなものだから……」

小さな円を描き、その円を囲むように更に大きな円を描く。

次に円と円の間に、呪文を構築する。一節ごとに区切りを入れて、意味をもたせる。これは詠唱とも連鎖する。

地面に描く魔法陣を構築していると、物珍しそうにフィーネが覗き込んできた。

「こういうのに使う図形ってなんか綺麗だよね」

「ルーン文字のこと？」

「ルーン文字って言うんだ？」

ルーン文字は線と線を組み合わせた特殊な文字だ。一字一字に意味が込められており、占いなどにも用いられる。

今と違って、昔の人はもっともっと自然と密接に暮らしていた。そうした自然と共にある文明が生んだ古い文字には、理《ことわり》に働きかける力がある。

「こういうのって全部覚えてるの？」

「十二星座の記号とか、ルーン文字とか、覚えやすいのは頭に入ってるかな。テーベ文字とかはとりあえず魔法に使うやつだけ丸暗記。意味はわかってない」

「へぇぇ……」

フィーネは何やら感心した様子で私を見た。その視線が、妙に気になる。

「なに」

「いや、メグって実は意外と頭いいよね」

「実は？　意外と？　殴るよ？」

そうこうしているうちに、魔法陣の構築が完了した。

私は魔法陣の中心にハンカチを敷くと、その上にフィーネの時計を置く。

「どうするの？　これ。燃やしちゃったりしないよね？」

「大丈夫だよ。私が親友の大切なものにそんなことするように見える？」

「見えるから言ってるんだけど……。親友にわけわからない薬飲ませようとするし」

「さぁさぁさぁ！　無駄話してないで始めるよっ！」

私がパチンと指で合図すると、カーバンクルが肩から飛び降り、空を飛んでいたシロフクロウが舞い降りてきた。

二匹の使い魔が、私の対面――正三角形を描くような位置取りで魔法陣を囲む。

こうすることで私たちを媒介に、均等に魔力が巡るのだ。

私が魔法陣に手をかざすと、辺りが薄暗くなり、陣に描かれた文字がボウッと輝いた。魔力反応だ。

私はその陣に向かって、十二節の詠唱を開始する。

「優しく働き者の精霊の魂よ　永久の眠りの中で　ただ静かに巡れ巡れ」

私が呪文を唱えると、魔法陣を囲むように木の葉が風に乗って集まってくる。

まるで、ダンスしているみたいだ。

「永遠の感謝と永年の労《ねぎら》いを　ここに捧げん」

すると腕時計がほのかな輝きに包まれ、中から光の球のようなものが出てきた。小さな太陽のように、美しく清らかな光の球。

それは役割を終えた精霊の姿だった。

「我　謝辞をもって彼の者を理へ還《かえ》さん」

光の球は、高く高く天に昇り始め、その周囲を舞い上がった木の葉が包み込む。

光を中心に、葉っぱたちは舞い踊り、風は緩やかに吹き、穏やかな公園を賑やかに駆け巡る。

幻想的な光景に「わぁ……」とフィーネが感嘆の声を出した。

「願わくば　また理を巡り　我が袂《たもと》まで戻らんことを祈り　乞い願う」

光が大きく膨らむ。

フィナーレだ。


「巡れ」


その瞬間、光は音も立てずに大きく爆《は》ぜ、四方八方へと拡散した。

拡散した光は、地面に、木々に、そして天に広がり、やがてその姿を静かに消す。

薄暗かった辺りが再び明るくなり、音とざわめきが舞い戻ってくる。

「お、終わったの？」

「うん」

「どうなったの？」

「時計の中にいた精霊を理に還した。こうやって理に還した精霊は、また生まれ変わって新たな精霊となり、ものに宿り、戻ってきてくれる」

私はそう言うとニッと笑みを浮かべた。

「形は変わるかもしんないけど、フィーネちゃんが大好きなおじいちゃんと、また一緒にいられるようにね」

「メグ……」

死んだ人は蘇らないし、寿命を終えたものはもう動かない。

でも巡り巡って、別の形でまた出会うことはできる。

それが理の流れだと、いつかお師匠様が言っていた。

「ねぇフィーネ。時計はもう動かなくなっちゃったけどさ、そこに宿る人の想いは消えないんじゃないかな」

私はフィーネを見る。

「あの時計の精霊の中には、フィーネとおじいちゃんの記憶がつまってる。だから、いつかまた、フィーネのとこに帰ってきてくれるよ。あの精霊にとっても、フィーネとおじいちゃんと過ごした時間は、大切だったはずだから」

フィーネは唇を震わせ。

「うん、ありがとう……！」

静かな涙を、頬から流した。

流れた涙は一粒の結晶となり、ビンへ落ちた。


「自分でも不思議なくらい自然と涙が出てきたな」

街に戻る道中、肩に乗ったカーバンクルを撫でていると、隣でフィーネが口を開いた。

「なんかあの光を見ていてね、グワッといろいろなこと、思い出しちゃって」

「おじいちゃんとのこと？」

「うん。一緒に遊んだことや、ごはん食べたこと、怪我したら頭を撫でてくれたこと。いろんな光景が一気に浮かんできた」

「相変わらずのおじいちゃんっ子だ」

「時計から出てきたあの光……何か優しい光だったね」

「んだな」

あの精霊はきっと、二人分の人生を抱えていたんだ。

フィーネと、彼女の祖父の、二人分の人生を。

「私、ちょっと時計買っていこうかな」

ゼペットのおっちゃんの時計屋まで戻ってきた時、フィーネは足を止めて、店内を眺めた。

「お、新しいやつ？　いいじゃんいいじゃん」

「うん。私にピッタリの精霊教えてよ」

「もっちろん！　幸運を呼ぶやつ選んだげるよ」

フィーネなら、きっともう大丈夫。

だって彼女は私の親友なのだから。

○

「ただいま戻りましたー！」

フィーネに時計を選んで帰ってくると、お師匠様が「あぁ、お帰り」と出迎えてくれた。

「時計の件、上手《うま》くいったかい」

「えぇ、まぁそれなりに。それより、何やってるんすか？」

「あぁ、ちょっと探しものをね」

「そんなの、千里眼使えばいいのに」

「何でもかんでも魔法に頼るんじゃないよ。自分の力で解決する能力も養わなきゃね」

「もう、頭固いんだから」

そこで私は、ふと疑問を抱いた。

「お師匠様は、どうして私とフィーネを時計屋に行かせたんです？」

「何だって？」

「だって、お師匠様なら時計の修理が上手くいかないことくらい見通せたでしょう。なのにわざわざ私たちを時計屋に行かせるなんて、変だなって」

するとお師匠様は緩やかな笑みを浮かべた。

「言ったろう、何でも魔法に頼るなって。私はあの時点では、お前たちの未来を見たりなんかしていなかった。フィーネは時計に未練があった。ゼペットならあの時計の本当の価値を見抜いて、必要な結末を渡してやれる。そう思っただけさね。それに――」

「それに？」

「愚かな魔女に、ものが持つ本当の価値を教える必要があったからね」

「愚かな魔女？　お師匠様のことです？」

「お前だよこの大馬鹿者！」

ものが持つ本当の価値。

それは、きっとお金や相場では測れない、その人だけが持っている記憶や想いのことなんだ。

その時、カタリと音がした。ベルトにつけている涙のビンだ。

私は何気なくそれを手に取って、目の前で振ってみる。

涙の粒が一つ増えていた。これで、合計三粒。

「ものが持つ本当の価値か……」

手にしたビンに夕陽が射《さ》し、涙の粒が心なしかキラキラと輝いて見える。私にとって大好きな人たちが流した、大切な涙。それもきっと、お金なんかには代えられない、私だけが見いだせる特別な価値なんだ。

「何かこれ、私の宝物になりそうな気がすんなー」

私が呟くと、カーバンクルが「キュウ」と顔を上げ、シロフクロウが「ホゥ」と鳴いた。嬉しそうな顔しおってからに。

でもなんだか今日は、そんなこの子たちが愛おしい。

「それよりメグ、私のカップを知らないかい？　いつも使ってるやつなんだけどね」

「え？　だからそんなの、千里眼で探せば一発で……」

そこで私は黙った。

バレる。

一発でバレる。

何故ならそのカップはもうこの世にはないからだ。

薬入りの紅茶をフィーネが飲もうとした際、私が粉々に破壊した。

「変だねぇ、ここらへんに置いといたんだが。どこかにやってないだろうね？」

「さってとぉ！　そろそろ晩飯にしますかぁ！　お前たちー！　ごはんの時間だよー！」

私が誤魔化すと同時に、家中から待ってましたとばかりに小動物たちが集まり、シロフクロウはそっと扉を閉めた。


余命を宣告されてから、いつもと同じ日常が、少しずつ変わってきた気がする。

今日過ごした一日は、いつもとそんなに変わらない。

だけど、少しだけ私に生きる意味と、新しい価値観と、大切な親友の涙をくれた。

これが、余命を宣告された私にとっての、普通の一日。

そして、きっと忘れることのできない、大切な一日。

第3話
東より、
英知の来訪

早朝の、静かな朝。

私はパンとサラダをモシャッていた。

「政治家の税金不正利用だって。そのお金で我が家を改築してほしいもんだよ」

「キュウ」

「ホゥ」

ダラダラと食事をして、いつもならどこぞの老婆から罵声が飛んできそうなものだが、今日はその心配もない。

使い魔二匹の横で、私は優雅に紅茶でパンを流し込みながらテレビを眺める。

このところニュースが騒がしい。

街は至って平和なのに、テレビをつけると物騒な話ばかりだ。

最近、ニュースをよく見るようにしている。今まであまり気にしていなかったが、ちょっとは世界情勢も気にしろとどこぞのくそばば……お師匠様に言われたからだ。曲がりなりにも七賢人の弟子である以上、無知な田舎娘でいることは許されないらしい。

「でもこんなもん見て役に立つんかねぇ。あたしゃ朝ドラが見たいよ朝ドラが」

モグモグしながらボーッと画面を眺めていると、不意に気になるニュースが流れてきた。

『二日前終わった七賢人による国際魔法会議にて、最近問題になっている生態系の変化と魔力災害に関する議論が交わされました。そこで取りあげられたのは中米地方の生態系の変質で、早速現地の調査に賢人が二人赴き――』


「あれ？　もう会議終わってるんだ」

私はチラリとスマートフォンに目をやる。

魔女が前時代的な文化で生きているという思い込みをしてる人は多く、スマホを持っていると結構驚かれる。便利な魔法で常に連絡を取り合っていると思われているのだ。そんな面倒くさいこと誰がやんねん。

魔法だと詠唱に数分はかかるが、スマホだと数秒。

今や文明の利器は魔法をも凌駕《りょうが》していることを、人々は知らない。

スマホのロックを解除して確認したが、お師匠様から連絡が来た形跡はなかった。

北米地方で行われた、七賢人の国際魔法会議。

その会議には、お師匠様も参加していた。


「メグ、しばらく留守にするからね」

今から一週間ほど前。リビングで魔術書を読んでいた私にお師匠様は言った。

お師匠様が仕事で家を出るのは珍しいことではない。それが数日にわたる場合は、こうして事前に声をかけられる。

「今度はどこっすか」

「北米だよ。魔法協会で七賢人の会議だ。いろいろと議題が山積しているからね。今回は長丁場になる」

「テレビにも出るんですか？」

「報道されるだろうね。魔法会議は国際問題を取り扱うことも少なくない。魔法に関する規定が変わることもある。世間の注目は、魔法に集まってるからね」

「ふぇぇ、いいなぁ」

七賢人は一部を除き、基本的にはメディアへの露出が少ない。だからこそ、彼らが活動する時は大きな注目を集める。

「私もいつかテレビで注目されたいもんだよ。そしてこの美しさで世界中の男子を虜《とりこ》にしてしまうの」

「冗談は顔だけにしな」

「どういう意味？」

「いいかい、これはお遊びじゃないんだ。数日間、寝ずの会議さね。何ならお前が代わるかい？」

「はは、げにいみじきことをおっしゃる」

「わけのわからない言葉遣いしてないでちゃんと話しな」

「まぁ、私のことは心配せず。五日でも六日でも、二ヶ月でも一年でも任せてくださいよ」

「そんなに留守にしたら家がなくなっちまうよ」

「どういう意味？」


そんな感じでお師匠様が出ていって一週間。

今日あたりそろそろ帰ってきて、あーでもないこーでもないとぼやくだろうとは思っていたのだが、まさか会議が終わっているとは。

「まぁ束《つか》の間《ま》の休息が延びたと思いますかぁ」

私はそう呟いて、自分の対面に置いてあった焼きたてのパンと目玉焼きをそっと引き寄せる。

「二人分の飯は、朝から重たいなぁ」

私の独り言は、よく響いた。


しかし、晴天《せいてん》の霹靂《へきれき》とはよく言ったもので。

特に代わり映えのしない穏やかな日に限って、事件はやってくるのだ。

その来訪があったのは、翌日の早朝だった。

まだ陽も昇っていない時間帯。

私がベッドで眠っていると、ガタガタと玄関から物音がした。

どうせまた小動物が暴れてるのだろうと思っていると、ギィィと音を立てて扉が開く。

光が射し込み、私は思わず顔をしかめた。

「むぅ〜ん、ムチャムチャクチャクチャ、まだ寝かせてよぉん」

「起きなさい、命令よ」

私がヨダレを枕に垂らしていると、何かが私の顔の上に乗った。

「むぅ〜ん？　何これ」

それは足の裏だった。

足の裏が私の顔に乗っている。

そう認識した瞬間、私の鼻孔に激臭が満ちた。

「くっさ！　くっさくっさ！　何これ!?　おぇえ！　おぐぅええ！」

私が部屋の隅で嘔吐《おうと》していると「失礼ね！　そんなに臭くないわよ！」と誰かが声をあげた。

恐る恐る顔を上げる。

「あんた、どういう神経してんのよ」

そこに立っていたのは、三角帽に黒い服の、典型的な魔女の格好をした女性だった。

○

「私は祈《いのり》。東洋に住む『英知の魔女』って言ったらわかる？」

「英知の魔女？」

私は思い出す。『英知の魔女』は『永年の魔女』と同じ、魔法協会から七賢人の一人に渡された名誉の二つ名だ。

「そう、私こそが七賢人の一人『英知の魔女』こと祈」

「へぇ、本当に？」

私が疑ったのも無理はなかった。『英知の魔女』と言えば、年齢は百歳を超えると聞く。

緩いウェーブのかかった長くて黒い髪。スッと通った鼻筋。

スリットの入った露出の多い黒い服は、肩まで出ている。

見た目は二十四、五歳くらい。

どう見ても若すぎた。

強い力を持った魔女の中には寿命を延ばしたり、肉体を若く保つ人もいるという。祈さんもその類だろうか。

実際、彼女の中には非常に強い魔力があるのがわかる。底が知れない強い魔力が。

「それで、どうしてその英知の魔女が我が家に？」

「ニュース見てないの？　七賢人の調査の話。今、魔力の影響による生態系の変化が起こっててね。その調査に、あんたの師匠も行ってんのよ」

「ほほう……」

祈さんの話いわく、お師匠様は非常に魔力の密度が濃い地域に足を運んでいるらしい。魔力の濃い場所は、時に電波障害を生むことがある。道理で連絡が取れないわけだ。

「帰るのが遅れるからって見に行くよう頼まれたのよ。あんたの師匠に」

「そんな！　私もう十七ですよ！　家事もできますし、心配いりませんて！」

「家が無事か心配だって」

「あー、そっちかぁ……」

祈さんは「そんなわけで数日お世話になるから」と背後にある大量の荷物を叩いた。スーツケース三つはある。旅行下手か。ちったぁ出張慣れしているサラリーマンを見習ってほしいものだ。

「あ、そうだ祈さん。一つだけお願いがあるんですが」

「何よ？」

「足洗ってください。マジで臭いんで」

「あんた殺す」


閑話休題。


足をタオルで拭いている祈さんを眺めながら、私はそっとため息を吐いた。

「でも、お師匠様もお師匠様です。帰らないなら前もって連絡くらいしてほしいもんですよ」

「帰らないってわかると何するかわからないって言ってたよ」

「ははは、何をははこやつめははは」

何をするかわからないだと？

何もするはずないではないか。

ただ、少し、新しい魔法の実験に小動物《つかいま》を拝借するだけだ。

「このハーブの調合はあんたが？」

私が邪悪なことを考えていると、祈さんはいつの間にか薬の棚を物珍しそうに物色していた。

「ああ、はい。そうです。よくわかりましたね」

「だってファウストばあさん、最近じゃ薬学とかあんまりやらないでしょ」

「確かに」

お師匠様は様々な魔法に精通した人だが、それ故に忙しい。ここ最近は特に時魔法の研究に勤《いそ》しんでいるから余計にだ。

今、私がやっている薬学や植物学も、お師匠様の研究を引き継いだものである。

「いい香りね」

「いいでしょそれ。最近作ったんすよ。滋養強壮の効果もあって体にいいですしおすし。会議終わりだと疲れてるでしょ、お茶になるんで飲みます？」

「もらおうかしら」

ハーブティーは私の十八番《おはこ》だ。お師匠様も気に入っており、よく朝食前に淹れるよう言われる。

紅茶に似ているが、どのハーブを使うかで、味も、色も大きく変わる。

「美味しい、味もいいわね」

「紅茶混ぜたりして、味も整えてるんす。このハーブとこっちのハーブを混ぜると、香りが立って、更にここに魔法かけるとあーだこーだ」

私が解説すると、祈さんはどこか嬉しそうにハーブティーを口に運んだ。

「ふーん、あんた結構できるみたいだね。もう二つ名とかはあるの？　永年の魔女の弟子なら、二つ名くらい持ってるでしょ」

実力ある魔導師は二つ名を持つ。

それは、この世界で魔導を志す者からすれば常識のようなものだった。

お師匠様の『永年の魔女』も、祈さんの『英知の魔女』も、魔法協会から渡された一流の魔女の証である。

二つ名を持つことは、それだけで一人前の証となり、実力の証明と言えた。

「そんなの、無理ですって。こちとら天下無双の見習いですわ」

「威張って言うこと？」

祈さんは呆れたように苦笑すると「見習いねぇ……」と意味深に呟いた。何だろうか。

「ねぇ、他にも見たいわ。ここのハーブは自家栽培でしょ？　どこかに畑でも作ってるの？」

「はい。近くにある魔女の森でいろいろ育ててます。ほとんど趣味みたいなものですけど」

「案内してよ」

「へぃ。実はちょうど私も森に用があったんです」

「なんか採取すんの？」

「祈さんのために薬湯を作ろうかと。ミントの油を用いた薬湯を使えば、足の裏もめっちゃいい匂いになるんですよ」

「私、まだ臭うの……？」

○

私とお師匠様の家は、魔女の森に囲まれている。

魔女の森は私が魔力を管理し、動植物を管理している特殊な場所だ。魔力を上手く管理することで土は肥え、春の土壌のような熱を持つ。豊かな土を育てることで、土地柄育てるのが難しい植物の栽培もできるようになるのだ。たくさんの小動物も生息しており、植物と上手く共存している。ラピスの街の人も来ることがあるので、危険な動植物がないかは常に管理している。

私の隣で、祈さんは鼻歌を歌いながら歩く。ずいぶん嬉しそうだ。

「機嫌がよろしいですな」

「そりゃ堅苦しい会議が終わったからね。ここは空気も綺麗だし、気分も良くなるわよ」

「やっぱり会議って大変なんですか？」

「そりゃあもう。連日連夜話すし、議題は多いわ無茶振りは多いわイレギュラーは多いわで、てんてこ舞い。っていうか七賢人の弟子なら、詳しく知っときなさいよ」

「お師匠様、仕事のことはあまり話してくれないんすよ……」

「そっか……」

祈さんは何だか困ったようにポリポリと頬を掻いた。

「ま、まぁさ、愛弟子に心配かけたくないのよ。だから気にすることないわ」

「お師匠様は、いつ戻ってくるんでしょうか……」

「さてね。今回のは結構緊急だから。でも、ファウストばあさんのことなら大丈夫でしょ。言ってる間に戻ってくるわよ」

「そうですか……」

「やっぱり師匠が心配なのね」

「えっ？　いや全然」

「えー!?　いま完全にそういう流れだったじゃん！　悲し気な顔してたじゃん！」

「束の間の休息ももう終わりかと思うと切なくて……」

「仕事の話してくれないって寂しそうな顔見せたじゃん！」

「あくびが出そうだったので嚙み殺しただけです」

「あくびしてんじゃないわよ！」

祈さんは呆れたように首を振ると「まったく、調子狂うわ」とぼやいた。

「会議で疲れてるんですね」

「あんたのせいよ！」

魔女の森には、数多くの香草や薬草、漢方薬が自然栽培されている。その成長は早く、どれも生命力が強い。

私がやっている仕事は、土と魔力の管理が主となる。手を入れてないわけではないが、手を入れる必要があまりないのだ。豊かな土を作っておけば、植物は勝手に強くなってくれる。あとは、間引きを怠らないことだ。

祈さんは木の根元の土に触れると、その状態を確認した。

「しっかり管理されてんのね」

「毎日手入れしてますから。結構大変なんすよ」

「魔力の管理もあんたがやってるの？」

「ええ。お師匠様は忙しいですから」

「ふぅん。腐葉土の質も、土に込められた魔力も、巡りも申し分ない。これだけしっかり管理されてたら、安定して作物が作れるでしょうね。あんた土いじりむいてるよ」

「ここさオラが畑だ」

私が渾身《こんしん》の田舎農夫のモノマネをするも、祈さんはそれを無視して何だか神妙な顔をしている。心が死ぬ。

「土を見れるのは優秀な資質よ。特にここ最近、いろいろとおかしくなってきてるからね。気候も、環境も。需要が高いから就職先には事欠かないんじゃない」

「そりゃありがたいですけど、何でなんすかね」

「自然に人の手が入りすぎたのよ。空気も汚染されて、森も伐採されて、土地があるべき形でなくなってきてる。それなのに、国のお偉いさんは自分たちのしたことを魔法で回復できると思ってるのよ」

環境問題や研究依頼、政府からの依頼など、七賢人がやるべき仕事は多い。特にここ最近問題になっているのが、魔力の影響による生態系の変化だ。それは希少種を淘汰《とうた》させ、動物を狂わせ、環境を変える。近年そのせいで砂漠が広がっていると、いつかニュースで言っていた。

「植物が伐採されて数が減ると、地を巡る魔力は行き場を失う。その結果、魔力は大きな個体に集中して流れるようになる。するとその個体は正常な状態を保てなくなり、異常を起こす。周囲の弱い個体を喰《く》って、生態系が変化していくの」

スラスラと、異常現象が起こる過程を祈さんは説明する。

「魔力が集まると力を得る。ただ、力を得ればいいってものじゃない。大きすぎる力は、時に暴走を招き、生命のバランスを崩す。理の均衡を保つのは魔導師の鉄則よ。もしあんたが力を得たら、どうする？」

「富と名誉を我が手にし、美男だけのハーレムを作ります」

「あんたはダメだ」

祈さんは呆れたようにため息を吐く。

「いい？　魔力を集めた植物や果物を動物が口にしたら、その動物もまた過剰な魔力を摂取する。すると人を襲い出すわよ。東洋には凄惨《せいさん》な熊害の事件があってね。村の女性が羆《ひぐま》に何人も喰われたって。そういうふうに、動物が人を襲う事件も増えていくわよ。街に入ってきたりね。ついには魔物が発生するってわけ」

「ひょえ……」

大規模な環境破壊や、強力で便利な魔法をたくさん酷使することで、自然にある魔力の流れは乱れてしまう。それが、少しずつ……ほんの少しずつ、生態系を歪《ゆが》めたのだと彼女は言った。

何だか深刻な話だ。

「こういう重たい空気はなんか苦手です。人はいつ死ぬかわかりません。人生は短いんだから楽しいことだけで埋め尽くすべきだと思います」

「メグのイメージする楽しいことって、具体的には何よ？」

「酒とタバコ、美味い飯とオンナ」

「おっさんかよ」

○

ようやく薬草やハーブを栽培してるエリアに着いた。

この一帯の作物には虫除《むしよ》けの魔術を施してあり、外敵から守られるようになっている。レモングラスの虫除け成分を増幅させているのだ。

ラベンダーにローリエ、ルッコラなど、辺りには多くのハーブが育ててある。それだけでなく、奥の方では漢方薬の素材になるものも扱っている。

その光景を見た祈さんは「へぇ」と声を弾ませた。

「結構いいの育ってんじゃん。香りも強いし、一つ一つが大きいわね。種類も豊富」

「年々ちょっとずつ増やしてるんですよ。お師匠様から頼まれたものや、自分の魔法に必要なもの、街の人から依頼されたもの。土がいいと、育ちが早いですから」

私は奥に生えているミントを採取しながら解説する。

自生力の強いミントは、放っておいても死ぬほど繁殖し、園芸好きの間ではミント爆弾やらミントテロと言われるほど爆発的な成長力を持つ。

それ故に他の植物の領域を侵食しないよう、植えつけには気を使う。一緒に植えたが最後、一気に侵食され飲み込まれるからだ。

今は魔法でかなり繁殖力を弱めているが、それでもミントが他の植物のエリアに根を張りでもしたら『詰み』である。

慎重にミントを採取しながら、私は何となく昔のことを思い出していた。

このミントにも思い出がある。


魔女の森の管理は、私が幼い頃に初めてお師匠様から言い渡された仕事だった。

「いいかい、メグ・ラズベリー。今日からこの森を手入れするのがお前の仕事だよ」

「嫌《や》だ」

そして幼い日の私はその仕事を拒んだ。

「嫌だじゃない。それがこの家でのお前の仕事だ！　やるんだよ！」

「嫌だい嫌だい！　私は忙しいの！　お師匠様がやればいいでしょ！」

「お前が忙しいのはほとんど遊びだろう！　お絵かきやらテレビやら、ちったぁまともに仕事しな！」

「子供とはそういうもの。夢を持ち、無限の可能性を持つ神の国の存在」

「神を自称すんじゃないよ！」

昔の私は友達も少なく、街に出れば子供たちからいじめられていた。

そんな私だから、お師匠様は役割を与えることで居場所を用意してくれたのかもしれない、と今になって思う。事実、魔女の仕事をするうちに、いつしか魔女であることは私のアイデンティティになった。ただの孤児だった私は永年の魔女ファウストの弟子となり、ラピスの街の人たちから「ファウスト様のお弟子さん」として親しまれるようになったのだ。

もし私が魔女じゃなかったら、たぶん自分の居場所を見つけられず、いろんなことに悩んで動けなくなっていたかもしれない。

きっと両親が死んでいることに苦しんで、寿命があと一年であることにも絶望して。

私は、何も行動できない人間になっていたはずだ。

そうならなかったのは、この頃から、濁流のように忙しい毎日を過ごしていたおかげ。

半ば強制的に森の面倒を見ることになった私は毎日土いじりをするようになった。当時の魔女の森は今とは全然違い、まだ魔力も整っておらず、土も痩せていた。木々はあったものの、森と呼べるようなものではなかったのだ。

そんな魔女の森に植物たちを生い茂らせるのが、私に課せられたミッションだった。

そして私は、最強の敵であるミントと出会うことになる。

爆発的な繁殖力を持つ奴らは、一度植えると止めることができなかった。

「おじじょうざま！　みんどのやづらが！　森を喰らいづぐす!!」

ミントの進軍を止められなかった私はお師匠に泣き叫んだ。

「ミントは育ちすぎたらただの雑草だからね。気をつけなと言ったろう」

「もう魔女の森は終わりだよぉ……火をつけ根こそぎ焼き払おう」

「おやめ。いいかいメグ、どんなものでも命があり、特徴があり、生き方がある。相手を知り、そして自分を適応させるんだ。魔女は理を読み、理と共にある存在だ。何でもかんでも力で捻《ね》じ曲《ま》げようとすんじゃないよ」

お師匠様は諭すようにそう言った。

今ならわかる気がする。お師匠様の言ったあれは、魔女の教えでもあったが、私が生きるための術《すべ》でもあったんだと。

何でもかんでも自分の思うようにならないことを嘆くのではなく、自分のあり方を変えて働きかけなさいと言っていたんじゃないだろうか。

苦労を重ねるにつれ、やがて木々は増え、草花は育ち、土は肥え、森は広がっていった。いつしかたくさんの小動物たちが集まり、それらをお師匠様は使い魔にした。街の人が近づけるよう森の管理を続けたから、魔女の森にはラピスの街の人もやってきて、たくさんの動植物と人が共存するようになった。

その頃には、私もすっかり街の子供たちと仲良くなり、いじめられたり、不当な扱いをされたりすることもなくなっていった。

土を大切にするのも、魔法の使い方も、人生の生き方も。

思えば、私は全部お師匠様から学んでいたんだ。


「ふぃー、いいお湯」

採集を終えて家に戻った私は、ミント油を使った薬湯で祈さんの足を洗っていた。私が指圧するたびに、祈さんは「あぁー」とおっさんくさい声を出す。

「ふひひ、お姉さん、脚すべすべでんなぁ、ゲヘッゲヘッ」

「やめろ」

祈さんはふぅと深く息を吐いて天を仰ぐ。

「それにしても最高だわ。こんなにゆっくりしたのいつぶりだろ」

「お疲れだったんすね」

「ホントそう。働きすぎは毒ね。思えば、ここ数日忙しくて風呂入ってなかったわ」

「あとで風呂も沸かしますんで入ってください。そう、絶対に」

石鹸《せっけん》も一番強力なのを用意しないとダメだ。

「うるさいわね、細かいとハゲるわよ」

「細かい……？」

怪訝《けげん》な顔をしていると、祈さんはなんだか嬉しそうに、私を見て笑みを浮かべた。

「人の顔を見て笑うとはええ度胸してまんな」

「気に入ったわ。あんた、将来独り立ちしたら、私の助手になりなさいよ」

「助手？」

「薬の開発のパートナーよ。製薬会社とかと協力して薬効のある成分を探し、その効果を調べたり、検証したりすんの。成分は動植物から抽出することもあるから、成分を得るために新種の植物を開発したりもする。薬品の効果を高めるために、魔法の術式を構築したりね。今あんたがやってることの延長よ。ちょうど、植物の知識がある助手が欲しいと思ってたんだ」

「そんな急に言われても困りますよ。だいたい、お師匠様が何て言うか……」

「だから独り立ちしてからって言ってんでしょ。それに、七賢人二人から教えを受ける魔女なんていないわよ？　有望魔女として、テレビとかにも出ちゃうかもね」

「テレビに……？」

私は想像する。テレビに出てそのビジュアルが認められ一躍人気者。キャラクターが受け様々なバラエティに出演。そこから派生してドラマ進出し、アイドルスターと共演して熱愛。電撃結婚。

そして高層マンションの最上階で子供二人に囲まれる暮らしを送る自分の姿。

「悪くないな……」

「ま、今すぐってわけじゃないし。考えといてよ。あんたがその気なら、ファウストばあさんにも話つけてやるから」

活《い》き活きと祈さんは話すが、私は内心複雑な心境だった。

とてもじゃないが言えない。

自分があと一年で死ぬなんて。

「あんた、いくつだっけ」

「十七です」

「若いわね。知識もあんだからもったいない。私なんか十の頃にはもういろいろ旅してまわってたわよ」

「若い頃を語り出すなんて、なんだかババくさいですね」

「ババ……」

考えてみたら、この街から、この家から出ることは頭になかった。

地方都市ラピスと、魔女ファウストの家。

街の人たちと、使い魔と、お師匠様と過ごす日々。

そんな時間が、なんとなくずっと続くものだと思っていた。

「世界に出る、か……」

それは一体、何年後の話なんだろう。

少なくとも私は今、一年以上の先の未来について考える気にはなれない。

「将来の夢とか目標とかないんだったら、世界に出ることを考えてみてもいいんじゃない」

「夢や目標ですか」

「何かあんの？」

余命を宣告されるまでは、いろいろ抱いていたような気もするが。今の私にとってそれはすべて夢物語だ。

私は少し考えたあと、真顔で言った。

「世界征服です」

○

夕食と片付けを済ませ、すっかり夜の帳《とばり》が降りた頃。

私はそっと、玄関の扉を開いた。

「おいで、シロフクロウ」

「ホゥ」

肩にシロフクロウを乗せ、私は庭の切り株にあぐらをかき瞑想《めいそう》する。少し肌寒いが、それでもまだ夜の風は心地よい。

穏やかな風に草木は揺れ、魔女の森に咲く花が月明かりに照らされる。

虫の鳴き声がする静かな夜。

今日は満月だ。

瞑想の時間は、私の精神を磨きあげる。高まった集中が、余計な雑念を振《ふ》り解《ほど》いてくれる。

「結構虫が多いのね」

不意に背後から声がした。

祈さんだった。

「夜に瞑想してんだ？　真面目だね」

「集中できるんすよ。昼間はこき使われてクタクタなんで、夜が一番時間があって」

「夜は魔女の時間だからいいかもね」

「祈さんはやんないんすか？」

「やったことないわね。なにせ英知の魔女だから。発想と知識だけで魔法を発展させてきた。天才よ」

「自分で言う？」

私は満月を見上げる。空に昇る月を眺めると、不思議と気分が高揚した。私の中の魔女の血が月に呼応しているのかもしれない。まぁ、月と魔女の血に因果関係があるのか、私は知らんわけですが。

「祈さんは、もしも自分があと一年で死ぬって言われたら、どうします？」

ほんの軽い問いかけのつもりだったが、祈さんは神妙な顔でこちらを見ていた。

「何それ。あんた死ぬの？」

「もしもって言ったでしょ」

「誤魔化さなくてもわかるわよ」

祈さんは、どこか悲し気に目を逸らす。

「あんたくらいの歳の子が、英知の魔女に探りなんて入れられると思ってんの？　将来の話をしてから、なんかリアクションが鈍いなって思ってたのよ」

「あはは……やっぱり七賢人には敵《かな》いませんなぁ」

笑って誤魔化すも、あまり効果はない。

「それで、何で死ぬの」

「呪いです」

「呪い？」

「死の宣告っていう呪いで私は死ぬんだって、お師匠様は言ってました。十八になったら体内時計の制御がきかなくなって、一気に歳を取るんだとか」

「死の宣告……」

「ご存知ですか？」

しかし祈さんは静かに首を振った。

「あんたが呪いにかかってることすら気付かなかったわよ。高度な呪いは見抜くのが難しいから、仕方ないかもしれないけれど」

「じゃあ、助かる方法は祈さんも知らない？」

「聞いたのも初めてだからね。呪いは古い魔法の技術だし、たぶん、ファウストばあさんだから気付けたんだと思う。……それで、ばあさんは何て？」

「助かる見込みは一パーセントもないって。千人分の嬉し涙を集めるよう言われました」

「なるほど、命の種か。確かに、老化の呪いなら、命の種を使うのが一番手っ取り早いかもね。でも、面倒なもん課題にあげたわね。今はどれくらい集まってんの？」

私はベルトにつけていたビンを取り出す。

「涙が三粒です。でも、嬉し涙はそのうち一粒だけ」

「ダメじゃん」

「全然ですよ、もうホンマにクソすぎてなんも言えまへん」

「あんたねぇ……」

「お師匠様は、命の種が喜びの感情で作られてるって言ってました。だからまず感情の欠片を集めろって。感情の欠片って、そんなにすごいんでしょうか」

「さぁね。実は私も、よく知らないのよね」

「えっ!?　英知の魔女なのに？」

意外だった。

「そりゃ私だって知らないことくらいあるわよ。それくらいマイナーってこと」

「マイナー……」

「古いって言った方がいいかもね。魔法は、昔と今では立場も、あり方もまるで違うから」

昔と今で、時代と共に魔導師の立場も大きく変わった。

かつての魔女や魔法使いは、奇跡的な術を使って土地や人を守る存在だった。

でも現代では、知識をもって文明を発展させる研究家の気質が強くなっている。もちろん、全員が研究家をしてるわけじゃないけれど。

「感情って言う要素は、現代魔法では殆《ほとん》ど使われてない。不確定で、再現性に欠けてるからね。自分が落ち込んでたら魔法が出ないとか最悪でしょ？」

「確かに」

祈さんの話を聞いていると、同じ魔女でもお師匠様とはずいぶんスタンスが違うのだとわかった。

お師匠様の魔法は、古い教えや、人の気持ちに寄り添ったものだった。

でも祈さんの魔法は、論理的で、科学者や学者に通じるような考え方だ。

時代と共に、魔法のあり方は大きく変わった。お師匠様と祈さんの魔法の差は、そのまま魔法がたどった変化の軌跡を物語っているように見える。ジェネレーションギャップがあるのかもしれない。

私が考えていると、「ただ」と祈さんは続けた。

「昔から、涙には不思議な力が宿るなんて言われてるわね」

「そうなんですか？」

「ほら、おとぎ話で、人魚の涙が王子を助けるなんてあるでしょ。私らが知らないだけで、嬉し涙を素材にする命の種には、何かしら未知の力ってのが宿ってるのかもしれないわね。感情の欠片が持つ、未知の力が。ま、夢みたいな話よ。私はそういうの好きじゃないけど」

「歳を取ると夢を失うんですね」

「殺すわよ」

　そこで祈さんは、ふと気になったのか、私の手に握られたビンに目を落とす。

「ねぇ、そのビンちょっと見せて」

「えっ？　はい。割ってもいいですけど、私に全財産くださいね」

「死んでも割らない」

　祈さんはビンを手に取るとそっと目を細めた。

「感情の欠片か。初めて見たかも。確かに不思議な力を感じる」

「七賢人でも見たことないんですか？」

「そりゃそうよ。嬉し涙なんて私、集めないもの」

　確かに、普通そんなもの集めようだなんて思わないし、集めようと思って集まるもんでもないだろう。今の私がそうなのだから。

「祈さんは、自分が一年で千粒の嬉し涙を集めろって言われたら、どうやって集めます？」

「うーん？　そうねぇ、まずはどこから嬉し涙として認定されるのか、各種データを集めるかしら。そして、その状態を再現する薬品や魔法を考案して、被験者を集めて試験する」

「何か機械的すね」

「それが学者ってもんよ。でも、実際問題、難しいでしょうね。一年で千粒か……私が独り立ちする時より厳しい試練だわ」

「やっぱそうなんだ」

私が立ち上がると、シロフクロウが頭の上に乗ってくる。バサバサと羽を広げ、静かに鳴いた。

それはまるで、月光を集めるかのようだった。

「正直、祈さんから助手に誘われた時、心が高揚しました。私は今までずっとラピスで暮らしていたから、なんていうか……広い世界につながる扉を前にして、ワクワクする感じがしたんです」

「メグ……」

「お師匠様から嬉し涙を集めるように言われて、数週間が経ちます。一日三粒以上集めなきゃダメなのに、私はまだ三粒しか涙を集めてない。流石にポジティブモンスターと言われた私でも、たった一年で千粒も涙を集めるのが不可能に近いことに気付きますよ」

「そりゃそうかもしれないけど……。諦めるのはまだ早いんじゃない？」

「諦める？」

そうか。私は諦めようとしていたのか。そんな当たり前のことに、今さら気が付く。

一年後のことを考えないようにしたり、当たり前の毎日に疑問を抱かなくなったり。

頭では考えないようにしていたけれど、私はいつしか、生き残ることより、死ぬことを受け入れようとしてたんだ。

私が呆然としていると、アッハッハと祈さんは気持ちいいくらいにまっすぐ笑った。

「人が生き死にの話しとんのに笑うとは何ごとか」

「ごめんごめん、あんたがあんまりにも馬鹿だからさぁ。自分が諦めようとしてたのにも気付いてないなんて、クックック、馬鹿じゃん」

「どうやら戦争がしたいようで……」

私が殺意の波動を身にまとっていると「悪かったわよ」と祈さんは言った。

「じゃあ死を覚悟したメグちゃんに、いいもん見せてあげるわよ」

祈さんはバサリと髪をはらう。

「私が七賢人ってところ、見せてあげる」

○

「今夜が実は流星群の極大日だって知ってる？」

じっと、夜空を眺めながら祈さんは言う。

「そうなんですか？　星なんて見えませんけど」

「満月だからね。晴れちゃいるけど、空が明るすぎる。だから星が見えにくい。観測条件があんまり良くないのよ」

「残念ですね。星が見えたら願いごとでもするのに」

「死を覚悟してるっていうのに、何を願うの？」

「金です」

「もっとオブラートに包《くる》め」

祈さんは呆れたようにため息を吐くと、そっと空に手を伸ばした。

「見てなさい、七賢人の実力」

そしてグッと、手を握りしめる。

その時だった。

夜空に、満天の星が浮かんだのは。

月が光量を落とし、本来見えるはずのない星が浮かび上がったのだ。

目の前の光景に、私は言葉を失った。

これだけの規模の魔法、本来なら、複数の魔導師が魔法陣を用意し、十二節の呪文を構築し、知識を通じて魔法を発動させてようやく実現できるはず。その複雑な工程を、彼女はわずか一動作で終わらせた。

何万、何億という星たちが、燦然《さんぜん》と空に広がり、月明かりに満ちていた夜空が、今は星によって照らされている。空の中心には天の川が走り、深宇宙の星間ガスの彩りすら見え、夜を美しく鮮やかに染めていた。

「たぶん、この光景は世界の果てに行かないと見られないでしょうね」

「やべぇ」

「まぁ、まだ終わりじゃないけど」

祈さんは指先で宙に文字を描く。

「おいで」

彼女がそう呟いた刹那、空にいくつもの光が走った。

流星だった。

流星が、数え切れないほど降り注いでいる。消えたと思ったらまた新たに浮かび、そしてまた消えていく。幻想の世界を形にしたら、このようなものなのかもしれない。

まさしく、光の雨と呼ぶにふさわしかった。

「すげぇ……どうやったんですか」

「流星の軌道をちょっと変えただけ」

当然のように彼女は言った。

「これだけの星を見てたら、自分の悩みなんてちっぽけなもんに思えるでしょ」

「そうっすね。まぁ別に悩んでたわけじゃないんですけど」

「悩んで」

私は、諦めていた。諦めて死を受け入れようとしていた。

そして、死を受け入れることに疑問すら抱いてなかった。

もういいかと、納得しようとしていた。

でも一つ、この流星群を見て気付いたことがある。

魔法の可能性は無限大だっていうことだ。

魔法は奇跡を実現する。きっと不可能も可能になる。どんな状況でも、どうにかできる。

目の前の光景は、私にそう思わせるには十分だった。

たくさんの人を喜ばせる魔法で、嬉し涙を一気に集められるかもしれないし、呪いを破る他の方法もあるかもしれないし、命の種を生み出す新たな方法を私自身が考案できるかもしれない。

魔法が起こせる結果は一つじゃない。

だって魔法の可能性は、無限大なんだから。

「願いなよ、メグ。あんたが一番叶えたいこと」

「世界征服ですか？」

「そうじゃなくてさ」

彼女は真剣な表情で私を見つめる。

「生き抜くこと。死なないこと。世界に出る魔女になること。あんたが願うべきは、それじゃないの」

「祈さん……」

真剣な祈さんの表情に、私は静かに頷いた。

「わかりました」

私はそっと、星に願う。

来年も、再来年も、十年後も、生きて世界を見ていることを。

私の生きる世界をどんどん広げ、この世界の行く末を、私自身の目で見届けることを。

いつかきっと、世界に出て、もっともっとたくさんの人と会ってみたい。

そしてたくさんの土産話で、お師匠様を仰天させるのだ。

この夢は、私が最後まで諦めないための希望。

「やっぱあんたいいわ」

何故か祈さんは嬉しそうに笑みを浮かべていた。

「最初はさ、疑問に思ってたんだよね。あのファウストばあさんが、何で弟子なんて取ったんだろうって」

「成り行きじゃないんですか？」

すると祈さんはいたずら小僧のように首を振る。

「メグ、あんたいい魔女になるよ」

答えになっているような、なっていないような。

でも祈さんは、どうやらそれ以上教える気はないようだ。

今夜は気になって眠れそうにない。

○

お師匠様が帰ってきたのは、それから二日後の朝だった。

「ただいま戻ったよ」

久しぶりの声が玄関からして、私と祈さんが出迎えると、お師匠様は呆れた声を出した。

「何だいあんたたち、二人してパン食いながら来るんじゃないよ」

「健全な精神は健全な肉体に宿る」

「おだまり」

「お師匠様」

「何だい」

「おかえりなさい」

「ああ、ただいま」

お師匠様はどこか嬉しそうに笑みを浮かべると、祈さんに向き直る。

「祈も悪かったね。この子の面倒見てもらって」

「いいわよ、私も結構楽しかったし。それで、依頼の方はどうだった？」

「一種、魔力の影響で大量発生している植物があってね。それが生態系を変化させた原因だった。とは言え、取り返しがつかないほどじゃない。土地の魔力の乱れを正しておいたから、しばらくしたらおさまるだろう。あと少し遅かったら、大事になっていたかもしれないね」

「そりゃよかった。とりあえずは一安心ってとこかしら」

「そうだね。久々の大仕事で肩が凝ったよ。メグ、あとで肩を揉《も》んどくれ」

「あい」

「ところで、ファウストばあさん。ちょっと相談なんだけどさ」

「祈が相談なんて珍しいね。どうしたんだい？」

「この子、将来的に私の助手にしていいかしら？」

祈さんは言いながら私の頭をぐっと抱え込む。俗に言うヘッドロックである。

突然の言葉に、お師匠様は目を丸くした。

「気に入っちゃったのよ。魔力の扱いも申し分ない。いい弟子育ててんじゃん」

「その子はまだ半人前だよ。まだまだこれからさね」

そう言ったあと「でも」とお師匠様は言葉を紡ぐ。

「いつかその時が来たら、それも悪くないかもしれないね」

「じゃ、決まりね！」

祈さんは嬉しそうに指をパチンと鳴らした。

「いいわねメグ！　あんた死んじゃダメよ。私の右腕になるんだから、死んでも生きなさい」

「めちゃくちゃ言いますやん」

「ぐちゃぐちゃ言わない。返事は？」

有無を言わさない祈さんの瞳は、なんだか冒険に出る前の子供みたいな輝きに満ちていて。

私はつい、その輝きに負けない光を、瞳に宿してしまう。

「はい、絶対死にません。だって私は、祈さんにもお師匠様にも負けない、世界一の魔女になりますから」

「その意気やよし！　それでこそポジティブモンスター！」

「誰がポジティブモンスターや」

「自分で言ってたじゃない」

「ふふ、まるであんたたち、姉妹みたいだね」

はしゃぐ私たちを見て、お師匠様はどこか嬉しそうに笑った。

「さて、それじゃあファウストばあさんも帰ってきたし。朝食の続きといきましょうか」

「そうだね。メグ、紅茶とトーストを用意しておくれ」

「はぁい。そうだ、ねぇお師匠様」

「なんだい？」

「お師匠様が私を弟子に取った理由って、何なんですか？」

すると、お師匠様は少しばかりキョトンとしたあと。

「さてね」

とだけ言った。

どうやらこの人も教える気はないらしい。気になって当分眠れない日が続きそうだ。

私は、英知の魔女に夢をもらったのだと思う。

この一年を乗り切った先に待つ、たくさんの可能性や、まだ見ぬ世界への夢を。

そして、その夢を果たすまで死ぬわけにはいかないと、私は改めて心に誓った。

「メグ！　何してんだい！　さっさとお茶淹れとくれ」

「はいはい！　ただいま！」

だから、今は少しだけ。

目の前のことを、必死で頑張ろうと思う。

いつか来るその日を夢見て。

第4話
死神をまとう

幼い頃から、時折奇妙なものを見ることがあった。


「ねぇ、おししょうさま」

「何だい、メグ」

「あの人、なんだかくろい」

黒い霧のような靄《もや》をまとった人。

それは妙に他の人よりも存在が希薄で、今にも消えてしまいそうに見えた。

私が言うと、お師匠様はそっと私の頭を撫で、

「そうか、お前には見えるんだね」

と、悲し気に言ったのだ。


後に、その霧をまとった人が亡くなったことを、幼い私は知った。


死期が近い人——恐らくは、一ヶ月以内にも亡くなる人にだけ現れる、黒い霧。

それは死神なのだと、お師匠様は言う。

「死神って、スーツ着てないの？」

「着てるわけないだろう。まったく、今度は何のドラマの知識引っ張ってるんだか……」

「映画だよ？」

「そういう問題じゃないよ！」

当時映画を見ることにハマっていた私は、誤った死神像を抱いていた。


黒い霧は必ずしも見えるわけじゃなかった。

ただ、死を色濃くまとう人には、時折現れた。

老衰、末期《まっき》癌《がん》、手遅れな大怪我。

避けられぬ運命を持つ人の元に、それは現れる。


あれから、もう十年以上経つ。

今でもたまに、死神を見ることがある。

○

「ヘンディさーん、今週分の薬効上昇薬と保存液納めにあがりやした」

「あぁ、ありがとうメグちゃん。そこに置いといてもらってもいいかな」

「あいよー」

私は町医者ヘンディさん宅を訪ねていた。以前頼まれていた医療用の魔法薬を届けるためだ。

都心部の大病院や、他の町医者を訪ね、必要な薬を調合して、魔女の技術を提供するのも修業の一つ。

私が台車から荷物を降ろしていると「あっ」と幼い声がする。

「魔女のお姉ちゃんだ！」

「アンナちゃんやん。こんちわ」

「遊ぼうよ！」

「ごめんね、今ちょっと仕事中でさぁ」

「えー、ケチンボ。ちょっとくらいいいじゃん」

「ファファファ、なんとでも言いたまえ。私は忙しいのだよ、お嬢さん」

「ブサイク」

「どの口がほざいとるんじゃこんガキャ調子乗ってたらイてまうど!!」

「わぁい、おこったぁ」

待合室で私たちがキャッキャウフフしていると、不意にどこからか笑い声が聞こえる。

穏やかな、聞いているだけで安心できる、優しい声だった。

「仲がいいのねぇ、二人とも」

待合室の隅の方で、町外れに住むフレアばあさんがニコニコと笑みを浮かべていた。

花壇が美しい家に住む、一人暮らしの老婆。優しい人で、怒った姿を見たことがない。幼い時はよく花の育て方などを教わったが、ここ最近はとんとご無沙汰だ。

「フレアばあさんやん。久しぶり。こんなしみったれたところで奇遇だねえ」

「しみったれていてごめんね……」

受付からヘンディさんが悲し気な声を出す。

「メグちゃん、すっかり大きくなったわねぇ。元気そうで何より。カーバンクルちゃんも」

すると「キュイ」とカーバンクルが荷物の中から姿を現した。いつの間に。

「こらぁ、またついてきちゃったの？　シロフクロウとお留守番って言ったじゃん」

「キュウ……」

「まぁいいじゃない。この子、メグちゃんのこと大好きなのよ」

「じっとしてらんない性質なんだよ。まったく、誰に似たんだか」

「お姉ちゃんそっくりだね」

「黙らんかい」

私はふと、フレアばあさんの手に持たれた紙袋に目がいく。見覚えのある薬品名が書かれていた。

「それ、私が作った魔法薬じゃん」

「そう。関節痛のお薬と一緒に飲むとよく効くの。私が今も元気に歩けてるのはメグちゃんのおかげよ」

「そりゃ良かった。フレアばあさんも今年で八十歳かぁ。元気でいてよ、マジで頼むから」

「ふふ、そう言われたら頑張らないとねぇ」

「今日はこのまま帰宅？」

「いいえ、ちょっと町外れの森までお散歩するの。大きな御神木に会いにね」

フレアばあさんはそう言うと、ゆっくりと立ち上がった。私はその体をそっと支える。

「それじゃあヘンディさん、失礼しますね。アンナちゃんも」

「ええ、お大事に」

「おばあちゃん、またね」

「メグちゃんもありがとう。ここで大丈夫よ」

「そう？　気を付けてよ。そうだ、フレアばあさん、今度遊びに行っていい？　花のこととか、また教えてよ」

「ええ、いつでも待ってるわ」

ドアを開けて「それじゃあ、また」と手を振るフレアばあさんを見送る。


その時、私は一瞬見てしまった。

フレアばあさんにまとわりつく、見覚えのある黒い霧を。


全身に鳥肌が立ち、思わず息を呑んだ。

自分の吐き出す息が震えている。

寒い日のはずなのに、額から汗が伝った。

「どうしたの？　お姉ちゃん」

アンナちゃんが心配そうに私の顔を覗き込んできて、ハッとした。私の様子に気付いたのか、ヘンディさんも近づいてくる。

「大丈夫かい、メグちゃん。顔色が悪いけど。調子が悪いんだったら……」

「いや、大丈夫大丈夫。元気だけが取り柄だからさ」

「そうかい？　風邪ひきやすい季節だから、気を付けなよ」

「あんがと。ところで、フレアばあさんって、何か重い病だったりする？」

「いや、そんなことはないと思うけど。どうかしたのかい？」

「ううん、何でもない」

フレアばあさんにまとわりつく、黒い死神。

それは、避けられぬ彼女の天命を告げていた。

○

フレアばあさんは死ぬ。

それも、そう遠くない未来に。

まだ確定したわけではない。けれど、過去に例外はなかった。

黒い霧をまとった人は、全員必ず死ぬ。

ヘンディさんの家に行ってから、あの時の光景が忘れられないでいる。ずっとそのことが頭をよぎる。

「――メグ……メグ！　メグ・ラズベリー！」

「ふぇ？」


声をかけられてハッとした。机を挟んだ向こう側、スパゲティの皿を前に、お師匠様が険しい顔をしてこちらを見ている。

「ボーッとしてるんじゃない。シャキッとしな。食事中だよ」

「すんまへん」

やれやれと食事を続けるお師匠様を、私は見つめる。

「……お師匠様」

「何だい」

「死神をまとった人は、もう助けられないのかな」

ピタリと、お師匠様は手を止めた。

「何か見たのかい」

私は黙った。黙っていても、きっとお師匠様は見抜いてしまうのだけれど。言葉にしてフレアばあさんのことを告げるのが怖かった。

「お前も過去に見てきただろう。黒い霧をまとった人が、最後にどうなったのか。何をやっても、結末を変えることはできない」

その言葉に、ズキリと胸が痛む。

永年の魔女は、まるで諭すように続けた。

「運命っていうものがある。定めが来たから、死神をまとうんだ。それは、死神が見えるお前が一番よくわかってるんじゃないのかい」

「でも、もし命の種を生み出せば、助かるんじゃないですか？」

「メグ」

静かにお師匠様は言葉を被《かぶ》せる。

「運命は歪めるべきじゃない」

その表情はどこか憂いを帯びていて。

放たれた言葉には、何よりも重みがあるように思えた。

「お師匠様は、魔女が理と共に生きる存在だって言いますよね。だったら、私が命の種を飲むことは、運命を歪めることじゃないんでしょうか」

「変えていい運命と、変えちゃダメな運命が世の中には存在するんだよ」

「んなもん、誰が決めるんすか！」

気がつけば、ダンッ！　と机を叩いて私は立ち上がっていた。

突然のことに、辺りにいたお師匠様の使い魔たちが、目を丸くして飛び上がる。

息があがり、声が震える。感情を上手く抑えることができない。

穏やかな食卓に似つかわしくない、殺伐とした雰囲気が室内に満ちた。

「メグ、落ち着きな」

「落ち着けません！」

しかし、そんな私にも動じることなく、お師匠様の声は冷静だった。

「理を読み、理と共にあるのが私たちの役目だ。明日を生きたいと願う人のために、運命を歪めることもある。でも、望まぬ人を無理やり生き長らえさせるのは違う。それはただのわがままであり、傲慢だよ。命を助けるのがいけないんじゃない。でもね、お前が助けたいと思っている人は、それを望んでいるのかい？」

お師匠様はそっと目線を外し、いつになく悲し気な表情を浮かべる。

「物事の本質から目を逸らすんじゃない。自分の想いだけで人の寿命を延ばすべきじゃないんだ。師弟で同じ間違いは……犯すもんじゃないよ」

永年の魔女に——お師匠様にふさわしくない、弱々しい言葉だった。

師弟で同じ間違いは犯すものじゃない。

その言葉は、彼女が過去に抱えた痛みを想起させる。

何か、お師匠様は、私には言っていない辛い経験をしたのだと、何となくわかった。

「死を間近にした人を前にした時、私たちは残された時間を一緒に過ごして、悔いなく逝けるよう看《み》取《と》ってあげなきゃならない。それが役割だ」

「役割……」

「メグ、精霊を視るのも、死神を視るのも、目の魔力が強いお前だからできることだよ。それはどれだけ修業を重ねても手に入らない天賦の才なんだ。多くの魔導師が求めてやまなかった能力を、お前が持った。そこには意味があるんだ。メグ・ラズベリー、お前にだけ与えられた意味がね」

「私に与えられた意味？」

「死神をまとった人が、残されたかけがえのない時間を悔いなく過ごすために、お前にしかできないことがあるんじゃないのかい」

「私は……私にできることは、死神をまとった人を助けることだって思ってます」

「メグ……！」

「望んでないから助けるべきじゃない？　じゃあ医者は自殺して死にかけた人を何のために助けるっていうんすか！　お師匠様の言い分は、あまりに一方的すぎます！」

「そうじゃない！　物事の本質を見誤るなと言っているんだ！」

「だから！　助けられるかもしれない人を助けようとすることの何がいけないんですか！　ただ目の前の命を助けるだけ。この話の本質はそこでしょうが！」

　ハァハァと、息が荒くなる。

「私だって、もうすぐしたら死神をまとうのかもしれない。その時、お師匠様は私に、命の種を諦めて死ねって言えるんですか……？」

　ぐっと、お師匠様が言葉に詰まるのがわかった。

　私は目の前の皿を手に取ると、放り投げるように流しにぶち込む。

「助けられるかもしれないのに、見過ごすなんて私はできないし、したくない。世の理だの流れだの言って、簡単に命を見捨てるのが大魔導師なら、そんなもの私はならなくていい！」

「メグ！」

その声を振り払うかのように、ドスドスと足音を鳴らして私は部屋を出た。

フレアばあさんにはたくさんお世話になった。

ずっとずっと、あの優しくて温かい笑みを浮かべていてほしい。穏やかな、落ち着いた声で、花を愛で、平穏無事な暮らしをしてほしいんだ。

だから、たとえわずか一パーセントでも助けられる可能性があるなら、私は諦めたくなんかない。

そうだ、行動しよう。ウジウジするのは私らしくない。昔から、悩むより先に体が動く方だったじゃないか。

フレアばあさんに残された時間が短いとしても。

できる間に、できることをすべてやっておきたい。

そうしないと、一生後悔する気がしたから。

「お前たち、ついといで！　出るよ！」

玄関に向かいながら叫ぶと、慌てたようにカーバンクルとシロフクロウが私のあとをついてきた。

二匹の使い魔を従え、そのまま私は玄関の扉に手を掛ける。

「メグ」

凛《りん》とした、よく通る声で呼び止められ、私は振り返る。

お師匠様は、何かを見通したような、悟ったような……少し悲し気な表情で、私を見ていた。

「どんな結末になっても、お前は受け入れなきゃならない。やればやるほど辛い思いをするのは……お前だよ」

「そんなの……やってみないとわからない！」

私は踵を返すと、暗い夜へ振り返ることなく足を踏み出した。

○

「あらあらメグちゃん、どうしたのこんな時間に？」

ドアを開いたフレアばあさんは、私と私が背中に背負った荷物を見て目を丸くした。私は彼女に向かってニッと笑みを浮かべる。

「あははー、お師匠様とケンカしちゃってさぁ、家出てきちゃった」

笑ってはみたものの、この寒さは笑えない。まだ真冬ではないとはいえ、季節はもうすっかり秋の終わりに差しかかっていた。この時期の夜はかなり冷える。ガチガチと歯を鳴らしていると、フレアばあさんは「まぁ、大変」と声を出した。

「外は寒いから、とりあえずおあがりなさい」

「ふぇーい。おじゃましまーす」

勢いで家を飛び出してきたはいいが、我ながらうかつだった。後悔先に立たず。しかし月日は百《はく》代《たい》の過客《かかく》にして、行きかふ年もまた旅人なのである!?

「ふぃぃ、今日はしばれるのう」

パチパチと燃える暖炉に手をかざす。今どきの家はどこも温水式ヒーターだが、古い家では今もこうして暖炉を使っている。フレアばあさんの家はもう何十年も住んでいるから、こうした古い暖房具が現役なのだ。我が家も暖炉なので、こちらの方が落ち着く。

私の横には二匹の使い魔もいて、大きな瞳に燃える炎を映していた。なんだかんだ私についてくるあたり、使い魔であることを実感させてくれる。

「ファウスト様とケンカなんて、ここ数年来の事件ねぇ。何があったの？」

「いやね、本当に下らないことだよ。私がお師匠様の使い魔を焼き肉にしようとしたら怒られたから、仏教における業の話を説いたところ、宗教の違いにおける価値観の差が戦争を生むとか言われて、仕方なく人は根源的にすべて同じ存在であり万物はすべて宇宙に帰属するという真理を説いた上で世界の無情の話をしてなんやらかんやら」

するとフレアばあさんは「なんだかよくわからないけれど、大変ねぇ」と呟いた。私も自分で言っている意味はよくわかっていない。

でも、フレアばあさんはどこか嬉しそうだった。

「何で笑ってんの？」

「いえね。昔、私もおじいさんとよくケンカしたなぁって思って」

「フレアばあさんがケンカ？　ちょっと信じられないな」

「長く暮らしているんですもの。ケンカくらいするわ。でもそうやって、お互いのことを知っていく。少しずつ、少しずつね」

フレアばあさんは薄い笑みを浮かべて、棚に飾られた写真を見る。亡くなったおじいさんと、独り立ちして遠方に住む息子一家がそこに写っていた。もう長いこと、フレアばあさんは一人で暮らしている。

この広い家に一人で晩年を過ごすのは、どのような気持ちなのだろう。

「ねぇフレアばあさん。しばらく泊まってもいいかな。お師匠様とは顔合わせづらいし」

「それは構わないけれど、ファウスト様が心配しないかしら」

「大丈夫だよ。千里眼持ってんだし。私がどこにいるのかも、いつ帰るかも、全部お見通しでしょうよ。それに、私も久しぶりにフレアばあさんと話したいんだ」

「そう……それなら、今日は泊まっていきなさいな」

そう言うフレアばあさんは、目を細めて穏やかに笑う。その笑顔が見れただけでも、来た甲斐《かい》があった。

「晩ごはんは食べた？　お腹《なか》減ってるんじゃない？」

「あぁ、別にお腹は――」

その時、物凄《ものすご》い唸《うな》り声《ごえ》のような音が室内に響き渡った。一瞬、化けものがやってきたのかと身構えたがなんてことはない。

それは私の腹の音だったのである！

そういえば晩ごはんはほとんど食べず捨ててしまったのだ。乙女の腹とはいえ虫も鳴る。

「うふふ、待っていてね。美味しいシチューがあるの」

フレアばあさんは作り置きしていたシチューを火にかける。間もなくして、胸を満たす匂いが室内に満ち、机の上にシチューが置かれた。赤ワインを用いたビーフシチューらしく、食欲をそそれる。私は魅入られるようにテーブルに座り、置かれたシチューを口にした。思わず息が出るほど熱々で、深い味がする。

「ケンカをしたり、悲しいことに遭遇したり、辛い目にあったり。寒くなると人の心は冷えてしまうからね。心が冷えたら、温かいものを食べる。そうすると、不思議と穏やかになって、会話が増え、いつの間にかわだかまりは溶けていくんだよ」

「わだかまりを溶かす……か」

フレアばあさんといると、不思議と心がほぐされる気がする。彼女自身が温かい人だから、いつの間にか心の氷を溶かしてしまうのだろう。

ずっとここに、当たり前のようにいてほしい。

温かいシチューを食べながら、心からそう思った。

○

フレアばあさんと同じベッドに入る。ソファでいいと言ったのだが、寒いから入るように言われた。おまけにカーバンクルまで潜り込んできたので、ベッドの中はぎゅうぎゅうの混雑状態である。入るのは良いが私のせいで圧死しても文句は受け付けないぞ。

窓際に止まったシロフクロウは、ホゥホゥとフクロウらしい鳴き声を出している。

何だかそれは、今日が一日の終わりであることを私に実感させた。

「メグちゃん。何してるの？」

「暖炉だと夜は冷えるっしょ？　魔法薬使えば部屋の温度をある程度保てるからさ」

「まぁ、すごい。そんなこともできるのねぇ」

魔法薬を暖炉に撒《ま》いた私は、十二節の呪文を唱えそれを燻《いぶ》す。すると焼けた薬が気体となって部屋に広がった。これで外気による室温の低下を防ぐのだ。

「ありがとう。おかげで今夜は暖かいわ」

ベッドに潜り込んだ私を、フレアばあさんはいつもの笑みで迎えてくれる。

何だかそれが心地よい。

「こうしてフレアばあさんの家に泊まったのはいつぶりだろ」

「まだメグちゃんが小さな時よ。あの時もファウスト様とケンカしてたねぇ」

私が小さな頃も、今日みたいにお師匠様とケンカして家出したことがあった。

「メグ、森の面倒も見ないでどこほっつき歩いてるんだい」

「うるさいうるさいうるさーい！　なんで！　いっつも！　ホワイ！　どうして！　私ばかり仕事をさせられるのか！　そんなに森が見たけりゃお師匠様は森と共に在れ！」

「何わけわからないことばっか言ってんだい！　自分の怠慢から目を背けんじゃないよ！　働かざる者食うべからずだ！」

「なれば私は九日間の断食と共に悟りを開く！　お師匠様のアホンダラ！　餓鬼道に落ちよ！」

「こら、メグ！　どこ行くんだい！　メグ！」

家を出た私はラピスの街中をトボトボと歩いた。

行くあてもなくて、でも帰るのは何だか癪《しゃく》で。

どうしようかな、と空を仰いだ時。

「あら、あなた大丈夫？」

声をかけてくれたのが、フレアばあさんだったのだ。

家にあげてもらって、シチューを食べて。

それから、花や園芸のことを聞きに度々ここへ来るようになった。

もうずいぶんと昔のことなのに、まるで昨日のことのようにも感じる。

それは、きっとフレアばあさんが昔も今も、変わらないままでいてくれているからなのだろう。


「このベッド、花の香りがする。フレアばあさんの香りだ」

「あらあら、お花のお世話をしていたから、その匂いがついてきちゃったのかしら」

何だか懐かしくて、心をそっとほぐされるような香り。私はそっと息を吐いて、天井を見上げる。見知った天井は古びていて、物悲しくも見えた。それはたぶん、この家が広すぎるからだ。家族で暮らしていた家は、老婆が一人で暮らすにはものも部屋も多すぎた。

「この家ももう古いね。フレアばあさん、息子さんが独り立ちして何年だっけ」

「さてねぇ。もうずいぶんと前だから」

「最近会ってる？」

「昔は年末年始に会っていたのだけれど、忙しいみたいでもうずいぶん長い間会っていないわ」

「そっか……」

カチカチと、時計の針の刻む音がする。

私は迷っていた。フレアばあさんに、間もなく訪れるであろう死を告げるべきかどうか。遠方にいる息子に、会いに行くべきだと伝えた方がいいのかもしれない。

もちろん、私は彼女を助けたいと思ってるし、そのつもりでここに来た。でも、万一のことだってある。命の種でフレアばあさんを救えるとしても、きっと、それまでに死神は彼女を連れ去ってしまうだろう。現状、効果的な解決策が見つかってない以上、フレアばあさんには後悔をしてほしくない。

でも、ニコニコと笑うフレアばあさんを見ていると言えなかった。

人の死を告げるのが、怖いと思った。

一度『死』を告げたら最後、もうあとには戻れない。

――お前、死ぬよ。あと一年で

あの日、私の運命を変えた突然の死の宣告。

お師匠様は、それを私に告げるのに、どれだけ勇気を振り絞ったんだろう。

「どうしたの？　メグちゃん」

フレアばあさんが穏やかな顔で私を見つめていた。

「何か悩んでいるみたい」

「えっ？　そ、ソンナコトナイアルヨー」

私がマンガに出てくる怪しい商人のような口調で言うと、フレアばあさんは「そう」と言った。

「私は、魔法のことはよくわからないけれど、聞き役くらいにはなれるから、いつでも話して頂戴ね」

そして、彼女は緩やかに笑みを浮かべるのだ。

「いつも笑顔のメグちゃんが好きよ」

「フレアばあさん……」


私はどうすればいいんだろう。

私にしかできないことってなんだ。

私は、彼女のために何ができるだろう。

……フレアばあさんには、あとどれくらいの時間が残されているんだろう。

疑問が頭の中を巡って落ち着かない。

残された時間を知って生きるべきなのか。

あるいは、それを知らぬままでいるべきなのか。

私は、答えを出せないでいた。

○

「今年もかなり育ってんねぇ」

フレアばあさんの自宅の庭。レンガ造りの菜園場《さえんば》では、今日も様々な植物たちが芽吹く。

寒くなってきているものの、この時期に開花する花は結構多い。パンジーやビオラ、シャコバサボテンといった色とりどりの花々が並び、別の場所ではハーブも育てられていた。

これだけの植物たちが干渉することなく、しっかりと育っている。細やかな手入れと土の作りがいいのは、さすがフレアばあさんと言ったところだ。

「メグちゃんも気に入ったのがあればもらっていって頂戴ね。毎年たくさん種が取れるから」

「ふぅむ、我が帝国に新たな仲間を加えるのも悪くないな……」

フレアばあさんと過ごして三日目に入っていた。

隙をみて図書館で魔導書を調べたりしたけれど、現状、フレアばあさんを救う方法はおろか、死神について記された書籍すら見つかっていない。

調べものをしていない時間は、フレアばあさんと畑をいじり、街を歩き、料理を作り、そして夜は寝て過ごした。

変化のない地味な生活。

だけどどこか優しく、居心地がいい。

それはあたかも時の流れが永遠であると、私に錯覚させる。

「あら、もうこんな時間。メグちゃん、お散歩に行きましょう」

「散歩かぁ」

午後二時。こんな時間に遊べるのは卒業が確定した大学生か無職か老人くらいだ。私は何だ？

私は魔女だ。そう、無職ではない。それはもう、誰がなんと言おうとそうである。

「毎日歩いてるみたいだけど、よく飽きないね」

「街が変わっていく様子や、植物たちがすくすくと育っているのを見るとね、不思議と元気が出るの。私がこの歳になっても自分で歩けるのは、きっとそのお陰かしらね」

「ふーん、そんなもんかねぇ」

フレアばあさんのお散歩コースは日によって変えているらしい。今日はまた昨日とは違う場所へと向かっているようだった。

この先にあるのは街の北側にある自然公園か。

空は晴れ、街は買いものに来た主婦たちで賑わっていた。私の足元をカーバンクルが走り回り、時折シロフクロウがその体をつかんでは宙に浮かせて遊んでいる。

私たちはフレアばあさんの歩調に合わせて、ゆっくりゆっくりと歩んだ。

彼女の歩く速度は、命の速度にも思えた。

ゆっくりゆっくりと進み、やがて止まってしまう。

そんな考えが思い浮かび、私は首を振る。

「ここで休みましょう」

自然公園に入ったすぐそこにあるベンチで、フレアばあさんが声をかけてくる。今はあまり余計なことを考えないようにしよう。

二人してベンチに座ると、彼女は手に持っていた小さなカバンから包み紙を取り出した。何やら甘い香りがする。

「めっちゃ香ばしいですやん。それは？」

「クッキーよ。今朝メグちゃんが眠ってるうちに早起きして作っておいたの」

「王室よりも潤沢な気遣いですやん……」

フレアばあさんが取り出したのは、ローズマリーを用いたハーブクッキーだった。一枚手に取って口にすると、サクッと心地よい感触と共にクッキーの甘味が口に広がり、そのあとすぐにローズマリーの持つ独特の爽やかな後味が口を洗っていく。

手作りクッキーなど口にしたのはいつ以来だろう。

私が感動に打ち震えていると、更に横から湯気の立ったコップを渡された。

「クッキーにはやっぱり紅茶がないとねぇ」

「あなたが神か……」

口にした紅茶は香りが良く、体を深く芯から温めてくれる。

平和だ。

フレアばあさんのことや、自分が呪いにかかっていること、お師匠様とケンカしていること。こうしていると、すべてが実はなかったのではないかと思いそうになる。

無論、そんなのはただの現実逃避でしかないのだが。

この穏やかな時間が、ここ数日張り詰めていた私の気持ちをほぐしてくれるような気がした。

答えを出せないまま、いろいろグルグルと考え込んでしまっていて、自分でも気付かぬうちに精神的疲労を抱えていたのかもしれない。

「ねぇ、フレアばあさん、今からどこに――」

ふと彼女の方を振り向いて、絶句した。


そこに、闇があった。

違う。

これは黒霧だ。

人の死を告げる、黒い死神。

それが、以前とは比べものにならない量で、フレアばあさんを包んでいる。

「フレアばあさん！」

私が大きな声を出すと、黒霧がサッと散り、フレアばあさんの穏やかな表情が顔を出した。いつもと変わりない彼女の姿に、ほっとため息が出る。

「あら、ごめんなさいねぇ、眠っていたみたい。ほら、今日は温かいから。どうしたの？　メグちゃん。何だか顔色が悪いわ。具合でも悪いの？」

「いやぁ、んなわけないじゃん。世界が崩壊してもゴキブリと私は生き残るよ。それより、フレアばあさん。最近体調に変化あったりとか、変わったことはない？」

「あら、急にどうしたの？　そうねぇ、今日みたいに陽気なお天気の日は、不意に眠たくなってしまうことがあるわ。お日様が温かいから、心地よくてねぇ」

「そっか……」

その睡魔は、永遠の眠りへの誘《いざな》いなのだろうか。

目の前で起きた現実が、平和ボケしていた私の頭を叩き起こす。残された時間が短いことを、嫌でも実感させてくる。

私が考え込んでいると「行きましょう」とフレアばあさんは立ち上がった。

「私のとっておきの場所、メグちゃんにも見せてあげたくてねぇ」

「……うん、楽しみにしてる」

フレアばあさんが連れてきてくれたのは、自然公園の奥の方にある森の中、街一番の大樹の前だった。

「はい、到着」

「とっておきの場所ってここだったんだ」

「そう。街の守り神様よ」

フレアばあさんは大樹を見上げて嬉しそうに微笑む。

この場所には私も何度か来たことがあった。

毎年暖かくなると、ここには数多くの花が咲く。その理由が、この大樹だ。大樹が地脈に流れる魔力を安定させ、周囲の植物に力を与えている。そのおかげで、この自然公園には、毎年鮮やかな色彩が広がるのだ。

守り神、と言ったフレアばあさんの表現は、あながち間違いでもない。

「小さな頃から、いつもこの樹と一緒に過ごしてきた。友達と遊んだ時間も、家族と過ごした時間も、メグちゃんとこうしてここにいる時間も。この樹はね、ずっと見守ってきてくれたの」

まるで旧友に語りかけるかのように愛《いと》し気《げ》に、フレアばあさんは大樹に触れた。

「ずっと一緒だったんだ」

「そう、小さな頃からずっとね」

私もフレアばあさんに倣って、そっと大樹に触れてみる。

「あ……」

「どうしたの？」

「ううん、何でもない」

樹に流れる魔力に少し乱れが出ている。普通の植物が地脈から吸い上げる魔力の量より、ずいぶんと過剰だった。こうなると、その植物はもう長くない。力が飽和しすぎて枯れてしまうか、生態系を崩す前に伐採される可能性もある。

毎日のように、植物に触れているからか、この樹がもう決して助からないことを、私はよくわかっていた。

それは、運命のようなものなのかもしれない。


――運命っていうものがある。定めが来たから、死神をまとうんだ。

――そうじゃない！　人の終わりを見誤るなと言っているんだ！


あぁ、そうか。

そこで私は唐突に、お師匠様の言っていたことを理解してしまった。

一緒だ。この樹も、フレアばあさんも、もう、助けられない。

運命には、変えられる運命と、変えられない運命があるんだ。

フレアばあさんは……後者だ。

神様が——理が定めた、生命の終着点にたどり着く。

死神をまとうとは、そういうことなんだ。

私がここに来た意味が、ようやくわかった気がする。

余命一年もない私が、ここで、フレアばあさんの死を知って、やるべきこと。

「フレアばあさん」

「なあに？」

「もし、もしもだよ、明日世界が滅ぶとして、自分が死んじゃうとしたら、最後に何がやりたい？」

「あらあら、ずいぶん変わった質問ねえ。でも、そうね。やっぱり家族と一緒に過ごしたいねえ」

「そっか……」

私はそっと空を見上げる。

死を間近にした人を前にした時、私たちは残された時間を一緒に過ごして、悔いなく逝けるよう看取ってあげなきゃならない。

それが役割なんだ。

○

次の日の朝。

まだ陽も昇る前に目を覚ました私は、そっとフレアばあさんを起こさないようにベッドを抜け出る。

これくらいの早起きは、私にとっては日常だ。

服を着て家を出ると、刺すような冷たい空気が全身を包んだ。吐いた息は白く、鼻先が冷えるのがわかる。息を吸い込むと、体中に冷気が入り込んだ。

「ホゥ」

「おはよ」

玄関の門柱の上で、シロフクロウが私を待っていた。つぶらな瞳を向けてくるシロフクロウに、私はそっと頷く。

カーバンクルは家でフレアばあさんと眠っている。今日はお留守番だ。

「行くよ」

「ホゥ」

私が手を伸ばすと、シロフクロウはその上に飛び乗ってくる。そっと頭を撫でてやると、気持ちよさそうにシロフクロウは目を細めた。

私は十二節の詠唱を開始する。

「我が眷属《けんぞく》　呼び声に応え　内なる力を放ち　広く広く空の大海に舞え　我が願いは遥《はる》か彼方《かなた》　そ

の大地に誘う力を授けん　天空を舞う御使いとして　翼空を切り　風を運び　我が命をもって　その役割を果たさん」

思い切り手を振りかざし、空に向けてシロフクロウを放つ。

それと同時に、私はダッシュして門柱を昇ると、その勢いを殺さずそのまま一気に空中へジャンプした。


「飛べ」


すると、宙へ舞う私をすくうように、大きな何かが私の体をさらったのだ。

視界がどんどん高くなり、先程とは比べものにならないほどの風が私の髪をかき分ける。

頬に冷気が押し寄せ、指先が冷えていく。それでも、私を包む羽毛が、寒さを緩和させてくれた。

巨大なフクロウが私を背中に乗せ、高く高く空を舞っていたのである。

魔女や魔法使いは、使い魔と特殊な契約で結ばれる。契約を結ぶことで、主の魔法に使い魔は応えることができる。私が唱えた呪文で、シロフクロウはその体格を十倍近くまで大きくしていた。

「行くよ、目指すは中央都市！」

「ホゥ！」

目的地は知っている。事前に調べておいた。フレアばあさんの家にあった、手紙の住所。今もきっと、そこにいるはず。

空を抜け、天を駆け、私たちは中央都市ロンドへと向かった。

まだ朝早く、道に人の気配はない。

シンと静まり返った静寂が、空気をより研ぎ澄ませている。

そこにあるレンガ造りの一軒家。赤い屋根の立派な家で、美しい装飾がなされた素敵な家。

コンコン、と私は窓をノックする。

しばらくすると、カーテンが揺れ動いて少女が顔を出した。見た感じ、十二、三歳くらいだろうか。

少女と目が合い、私は笑みを浮かべて手を振る。すると彼女は、驚いたように目を丸くして窓を開いた。

「うわぁ……すごい！」

彼女が驚くのも無理はない。

私は屋根よりも大きなシロフクロウの背中に乗っているのだから。

「おはよう娘さん」

「あなた、誰？」

「魔女だよ。あなたのおばあちゃんの友達のね。お父さんはいるかな？」

「うん、まだ寝てると思う。お父さんに用なの？」

「そ、呼んできてもらってもいい？」

「わかったわ。お父さん！　魔女さんが来てる！」

少女が奥に引っ込むと、やがて眠気眼の夫婦が奥からやってきた。

フレアばあさんの息子のエドと奥さんだ。

エドは、開かれた窓から差し込む冷気を寒そうに受け止めながら、私の姿を見て驚いたように口を開ける。

「君は確か、ファウスト様のお弟子さんの……」

「メグ・ラズベリーです。久しぶりで何ですが、今日は会社を休んでもらいます」

「えっ？」

キョトンとする父娘に、私はにっこりと微笑みかけた。

「会社、休めよ」

○

その日、目が覚めたカーバンクルは、主の不在にすぐに気がついた。

「キュイ？」

声を出すも、姿はない。友人であるシロフクロウの姿も、そこにはなかった。

「キュウキュウ……」

「あらあら、どうしたの？」

主を探して声を出していると、一緒に寝ていたフレアばあさんが目を覚ました。彼女は寂しそうに鳴くカーバンクルを、優しく抱きしめた。

「メグちゃんがいないの？　どうしたのかしら」

二人は私の姿を探したが、お風呂にも、洗面所にも、トイレにもいない。

すると、外からカタリと物音がした。

カーバンクルとフレアばあさんは顔を見合わせ、静かに玄関のドアを開く。刺すような外気が全身を一気に包んだ。

「おお、今日は寒いねぇ」

「キュウ……」

吐く息を白く染め見渡すも、そこに私の姿はない。

すると、どこからか鳥の羽ばたく音がした。

だが、少し異様だ。

鳥が羽ばたくにしては、その音はあまりに大きすぎたから。

「フレアばあさーん！」

「メグちゃん……？」

フレアばあさんとカーバンクルは空を見上げる。

そこで見た光景に、二人は思わず息を呑んだ。

四人の人を乗せた巨大なシロフクロウが、そこにいた。

「久しぶりの帰省だよー」

私が手を振ると、「おばあちゃん！」と孫娘のリリーちゃんが楽しそうに顔を出した。眼下では、あっけにとられたフレアばあさんとカーバンクルが目を丸くしている。

「ほら、エドさんも挨拶して！　奥さんも！」

「あ、はは……母さん、ただいま」

「お、お義母《かあ》さん、ご無沙汰してます」

フクロウの背中から手を振る息子家族を見て、フレアばあさんは「お帰り」と嬉しそうに声を出した。


「驚いたよ、早朝にいきなり押しかけてくるんだから。母さんが危篤みたいな言い方してさ」

すっかり陽が高くなった自然公園。私たちはこの間と同じベンチに座っていた。娘と嫁が戯れる姿を見ながら、エドは視線で私を責める。

「全然家に帰ってない親不孝者に、帰省のきっかけを作ってあげただけっすわ」

「よく言うよ。あぁ……今日は大事な会議だったのに」

「数年ぶりの帰省と会議とどっちが大事か答えてみなはれ」

「それとこれとは話が別だ！」

私たちが言い合っていると「まぁまぁ」とフレアばあさんが紅茶の入った水筒を持って割って

入ってくる。

「メグちゃんも悪気があったわけじゃないし、せっかく帰ってきたんだったら、少しくらいゆっくりしていきなさいな」

「母さん、あのねぇ」

エドは何か言いかけたが、すぐに「まぁいいか……」と言葉を呑んだ。

「確かに、ここ数年は全然休み取れてなかったしな。これもいいきっかけか」

「感謝しておくんなまし」

「あのなぁ……」

エドは呆れたように私を見ていたが、紅茶を口に運ぶと「まぁいいか」とその視線をそっと和らげた。

「それにしても、懐かしいな、ここ」

「懐かしい？」

「昔よく遊んだんだよ。死んだ父さんと。森の奥にでっかい樹があるだろ？　あれをよく見に行ったもんだ。昼過ぎまで遊んで、母さんが焼いたクッキーを持ってきてくれてね」

「懐かしいねぇ」

フレアばあさんは、まるで過去を目の当たりにするように目を細めた。彼女はこの場所を『とっておきの場所』と言っていた。きっと、昔からの思い出がたくさん詰まっているのだろう。

「お父さーん！　こっち来て！」

リリーちゃんが手を振り「やれやれ」とエドは立ち上がる。

「ちょっと行ってくるよ」

「行ってらっしゃい」

娘と奥さんの方へと歩くエドを、私とフレアばあさんは見送る。二人だけ残されて、どちらともなく私たちはくすりと笑った。

「リリーちゃんも、ずいぶん大きくなったわ」

「最後にお孫ちゃんに会ったのいつなの？」

「あの子がまだ三、四歳くらいの頃かねえ。小さかったから、私のことなんて忘れてると思ったのに」

「記憶力がいいんだ。将来有望だね、こりゃ」

芝生の方で仲睦《なかむつ》まじく戯れる親子を眺めていると「ありがとうね、メグちゃん」とフレアばあさんは静かに言った。

「私が寂しがっていたから、見かねてエドを連れてきてくれたんだね」

「一宿一飯の恩義は忘れないようにしてんの。でも、余計なことしちゃったかな？」

「大丈夫。だって、こんなに私を幸せにしてくれたんだもの」

「そう言ってくれると嬉しいけどね」

フレアばあさんは、優しい笑みを浮かべてくれる。その顔を見ると、私はスッと、胸のしこりが取れるような気がするのだ。

「メグちゃんは、きっと将来、世界一の魔女になれるわ」

「なれるかな」

「ええ。おばあちゃんが太鼓判を押すよ」

「フレアばあさんのお墨付きなら心強いね」

私が笑うと、フレアばあさんはとても優しい瞳で、私を見つめた。

「メグちゃんと出会えてよかった」

「どうしたの？　急に」

「長い人生の中で、魔女と出会ったことは一度や二度じゃない。でも、こんなにたくさんのものをくれたのは、メグちゃんだけだよ。きっとメグちゃんは、人の心に寄り添って、心の穴を埋めてあげられる……そんな魔女なんだね」

「大げさだなぁ」

「大げさなんかじゃないわ。こんなに暖かくて、穏やかな日に、大切な家族と一緒に過ごせて。隣には、優しくて素敵な魔女さんがいてくれるんだもの。これ以上を望むと、きっとバチが当たるわ」

フレアばあさんは、そっと瞳を潤ませる。目を細めて、世界を眺めている。

「こんな素敵な光景を、人生の晩年に見れるなんて思わなかった……」

「何言ってんの。こんなもんじゃないよ。これから私はもっともっとすごい魔女になって、もっともっと嬉しい光景をフレアばあさんに見せてあげるんだから」

「あら、本当？」

「本当だよ。今ね、七賢人の人が私を助手にしたいって言ってくれてんの。私、お師匠様の元を独り立ちしたら、世界に出るかも。そしたら、たくさん修業を積んで、今よりずっとすごい魔法を使えるようになるんだ」

「あらまぁ、素敵ねぇ……」

「祈さんっていう東洋の魔女でね。植物にめっちゃ詳しい人なんだよ。そうそう、その祈さんが初めて家に来た時さ、会議終わりか知らないけど足の裏がもう臭いの何のって――」

その時、不意に。

カタリと音がした。

何だろう？

不思議に思い、私は自分の持っているビンを取り出す。

見ると、ビンの涙が一粒増えているのがわかった。

涙？　誰の？

「これって……」

私はフレアばあさんの方を見る。

彼女は日差しを浴びたまま、静かに目を閉じていた。

それは、穏やかに眠っているようだった。

「フレアばあさん？　寝ちゃった？」

声をかけるも、返事はない。

何の変哲もなく、心地よさそうに目をつむっている。

「ばあさん？」


そこで、私はすべてを悟った。


吐く息は震え、声が出なくなる。

呼吸が少しずつ荒くなり、思考がまとまらなくなった時――

「安らかに眠っているね」

私の前に立った永年の魔女は、心から慈しむような、悲しそうな、優しい顔でそう言った。

「こんな穏やかに、眠るように最期を迎えるのは、幸せなことかもしれないね」

「お師匠様……」

「メグ、結末を変えることは誰にもできない。その中で、お前は彼女の最期を知り、彼女のために行動した。そのお陰で、フレアさんは大切な家族と一緒に過ごし、穏やかに逝くことができた。そうでなければ、きっと一人で、誰にも看取られることなく亡くなっただろう。結末を変えることはできなくとも、結末の形を……お前は変えることができたんだ」

お師匠様は、そっと私を抱きしめる。

「よく頑張ったね、メグ……」

きっと永年の魔女には最初からすべてわかっていたのだ。

フレアばあさんを助けられないことや、私が彼女の最期を看取ることを。

だから、運命に抗おうとすればするほど、傷つくのは私だと言った。

きっとお師匠様も同じ経験をしたに違いない。自分と同じ痛みを、私に味わってほしくなかったんだ。

「たくさんの人が見ることの叶わなかった明日を背負って、お前は生きてるんだ。だからお前は生きなきゃならない。死んでしまった人のためにも、残された人たちのためにも。それが、死者を知ることのできる、お前の使命だよ」

「……はい」

「家族を呼んであげなくちゃね」

「私が行きます」

私は、お師匠様の顔をまっすぐに見る。

きっと顔はくしゃくしゃで、鼻水が出ていたかもしれないけれど。

それでも涙だけは、どうにか堪えた。

「これは、私がやるべきことだから」

自分が生きる明確な意味を、私は見つけられずにいた。

でも、大切な人が逝くのを見て初めて、私はその意味を知った。

その日は日差しが柔らかく、楽しそうな子供の笑い声が辺りに満ちていた。空は青く、風は優しく、ここ一ヶ月の中では、最高に過ごしやすい一日だった。

そんな穏やかな日に、一人の老婆が亡くなった。
彼女の名前はフレア。
園芸が好きで、私にとって祖母のような人だった。
いつも優しくて、穏やかな声で人を受け入れ、包み込んでくれる人だった。
私は彼女の分まで、生きようと思う。
今日はビーフシチューを作ろう。
明日はローズマリーを練り込んだクッキーを焼こう。
そうすれば、彼女はこれからも、私の中に生きていく。
私が生きる限り、ずっと一緒に。

第5話 祝福は開門と共に

すっかり寒い季節になった。

吐く息は白く染まり、布団から出るのが辛くなる時期。

私が住む地方都市ラピスでは、この時期特有の現象が生じる。

異界の門《ゲート》が開くのだ。

現界と異界が通じ合う時、異界の住民は多数こちらにやってくるようになる。

東洋では昔、鎖国という制度があったらしい。国を閉ざした島国は、一部の場所でだけ、海外との交流を許したそうだ。隔絶された世界への扉が開くというのは、そういった感覚に近いのかもしれない。

とにかくこの時期は、地方都市ラピスが最も栄える時期でもあった。

街が魔力であふれ、そして異界の住民と街の住民が交流する。そうした異文化交流は決してここ数年のものではなく、ずいぶんと昔から執り行われてきたものであるらしい。七賢人の一人が管理するこの街だからこそ行える祭りが、『異界祭り』である
そして、当然ながら私とお師匠様も、異界の管理と、門の開閉を行うために非常に忙しくなるのだった。


「うーむ……」

私が首をひねっていると「うるさいよ、メグ」と横から声が飛んでくる。

「さっきからパソコンに向かって何唸ってんだい。遊んでる暇あったらさっさとメールの対応しちまいな」

今、我がファウスト家では、魔女と使い魔総動員で作業にあたっている。毎日あれやこれやの大騒ぎだ。使い魔たちは異界祭りに必要な材料や資料集め、お師匠様は書類の事務作業、私はノートパソコンを使用した連日連夜のメール対応や、お師匠様の魔術式構築のサポートに追われている。異界との交流ならではの決まりや規則があり、それらへの質問の対応など、やることは山ほどある。

しかしながら、今の私はそれどころではなかった。

「お師匠様、見てくださいよこれ」

私がパソコンの画面を指さすと、お師匠様は物珍しげにこちらに寄ってくる。

そこには女の子が一人、ネットニュースで取りあげられていた。

透き通るような青い髪と赤い瞳の、聡明な顔立ちの少女。

どこか憂いを帯びたその表情に漂う儚気な気配に、今世界が熱狂している。

「こりゃ七賢人のソフィかい？」

「はい」

七賢人の一人、祝福の魔女ソフィ。

なんと十七歳で七賢人の席をもぎ取った、紛《まご》うことなき正真正銘の天才である。

先日南米で執り行われた祭典に呼ばれ、そこで見事なパレードを披露したらしい。

「これがどうしたってんだい」

「どうしたもこうしたもないでしょう！　私と同い年で！　同じ魔女！　相手は世界から『姫』とまで呼ばれて、ネットでバズりまくってるのに！　何故私は七賢人ではないのか！　答えてみよ！」

「そりゃお前に実力と知識がないからだろう。人徳もないし、おまけにソフィに比べたら美貌も足りないじゃないか」

「言うなぁ！　それ以上言うなぁ！」

現実があまりにも辛すぎる。

モニターに映る美少女ソフィの姿は、かつて私が憧れた魔女の姿そのものだった。

片や田舎の見習い魔女。

片や世界が注目する七賢人。

ソフィが魔法を習い始めた時期と、私が魔法を学び始めた時期に、そう差はないはずだ。にもかかわらず、一体何が私たちの差をここまで広げてしまったのか。

私がモニターに向かってギリギリと歯ぎしりしていると、お師匠様は呆れたようにため息を吐いた。

「仕事をほっぽりだして何やってるのかと思いきや、ソフィに嫉妬してるなんてね。いいかい、人には違いってもんがあるんだ。得手不得手、できることとできないことがある。人と自分を比べるんじゃない。お前は、お前がやるべきことをやっていればいいんだ。そうすりゃいずれ伸びてくる」

「いずれ、ねぇ」

「そんなことより、嬉し涙は集まったのかい」

「今、十一粒です……」

街で迷っていた子供の母親を見つけてあげたり、老婆の落としものを探してあげたり。

華やかなソフィとは違い、私はまるで地方の営業マンのような泥くさいやり方で嬉し涙を獲得していた。

「人に嫉妬してる場合じゃないだろ。今のお前はまず生き抜くことを考えな。さもないと、未来すら失っちまうんだから」

「わかってますよ……」

動画サイトでソフィの魔法を見る。空に光の閃光《せんこう》が走り、幻影の鳥や星が瞬き、ＣＧのようなきらびやかなエフェクトが流れていた。炎が緑に染まり、ライトが様々な色に変化を遂げる。その現象のすべてを、たった一人の魔女が操っているのだ。

私に彼女のような技術があれば、嬉し涙なんて簡単に集められるのだろう。

そんな、どうしようもないことを思ってしまう。

「わかったら荷物を運んどくれ。あと一週間しかないんだから」

「へーい」

心ここにあらずな私の空返事に、お師匠様は肩をすくめると歩いていった。

しばらくして、ようやく自分の意識が飛んでいたことに気付いた。動画を見るのに夢中で、すっかり作業するのを忘れていた。そういえば荷物運べとか言われてたんだっけ。

私がノートパソコンを閉じて立ち上がるのと、ボキッという不吉な音がしたのはほぼ同時だった。

使い魔の全員が私に目を向ける。

「えっ？　今の私？」

体を見渡すも特に異変はない。

その瞬間、世にもおぞましい女の悲鳴が聞こえてきた。この世の恨みと怒りをすべて詰め込んだかのような邪悪な女の声に、使い魔が怯《おび》えたように震え、逃げ出す。

私は意を決して声の方にそろりそろりと歩く。ツバをゴクリと飲み込み、机に近づく。使い魔たちが後ろの壁から顔を覗かせて、様子をうかがっているのがわかった。

誰か倒れている。これは……。

「何だ、お師匠様じゃん」

「『何だ』とは何だい、この薄情者たちめ」

倒れるお師匠様の周囲にはダンボールと荷物が散乱していた。どうやら自分で荷物を運ぼうとしたらしい。

「あーあ、歳なのに無理すっから。歩けます？」

「無理そうだ。やっちまったね、あ痛たたた……」

肩を貸してゆっくりと立ち上がらせると、お師匠様は苦痛に顔を歪めて腰に手を当てた。歩くのもキツそうだ。腰に刺激を与えないよう、ベッドへと向かう。

この時の私はまだ気付いていなかった。

今年の異界祭りの主役が、今この瞬間、消えたことに。

○

「あ痛だだだ、もう少し丁寧にやりな！」

「んもう、わがままだなぁ」

小動物たちが部屋の片隅から見守る中、ベッドに横たわるお師匠様の腰に湿布を貼る。魔力を用いて作った特製湿布だが、それでも治癒までにはしばらく時間がかかるだろう。

「町医者にも連絡しといたんで、しばらく養生してください」

普段の私なら悪態でも吐いたかもしれない。でも、今日はとてもそんな軽口を叩く気にはなれなかった。私が仕事をサボったせいで、お師匠様は無理をしてしまったのだ。

魔法を使っていれば、こんなことにはならなかったかもしれない。お師匠様ほどの使い手なら、荷物を運んだり部屋の掃除をするのは魔法を使えばすぐだろう。でもお師匠様はそういったことはしない。魔法を使うと消耗するということもあるが、家事や買いものなどは自分の手と足でちゃんとやっておきたいという性分だからだ。

現代社会においては、魔法だけでなく家電製品だって発展している。それらを上手く使うと便利で楽な生活が送れるだろう。でも、楽ばかりしていたら体は鈍り、老いも早くなり、頭の回転は悪くなる。だから、自分でできることはなるべく自分でしなさい、というのがお師匠様の教え。

古くさい魔女の風習に乗っ取った前時代的な考え方かもしれない。でも私は、そういった考え方は嫌いじゃない。そしてその性分や教えを理解していたからこそ、私がちゃんと作業すべきだった。

「困ったね。一週間後の開門、どうしたもんかね」

「あっ……」

そういえばそうだった。ラピスの一年で最大のお祭り、異界祭りはもう目の前なのだ。祭りを始めるには、門の開門は必要不可欠である。

魔力が巡り集まりやすいラピスでは、集いすぎた魔力を消費させなければならない。異界の開門は、そのための重要な儀式の一つと言えるだろう。

とは言え、私が一人で門を開けるかというと、それは無理な話だ。七賢人であるお師匠様ですら毎年私に手伝わせているくらいなのに、見習い魔女の私には少し荷が重すぎる。

「今年は中止するとかだめですよね」

「魔力の放出ができなくなるね」

「別のイベントで代替するとか」

「異界祭りを楽しみにしている人がたくさんいるのは、お前も知っているだろう」

「うーむ、どうしたものか」

私が腕組みをして唸っていると、静かにお師匠様は「そうさね……」と顔を上げる。

「ピンチヒッターでも呼ぶかね」

「ピンチヒッター？」

「そのうちわかるよ。とにかく、お前は目の前の準備に邁進《まいしん》しな。それができてないとどうにもならないからね」

「はぁ」

釈然としないものの、私は仕方なく言われるがまま資料の整理や書類事務の作業に戻った。果たして大丈夫なのか……引っかかるが、今はできることをやるしかない。

「そう、人は死ぬ時は死ぬし、ダメな時はダメなのだ」

「勝手に殺すんじゃないよ」


その次の朝は、思わず目が覚めてしまうほどの寒さだった。

書類の中で眠りこけていた私は思わず体を起こす。室内だというのに、吐いた息はわずかに白く染まる。

なんだか体が重いと思ったら、小動物やカーバンクルが体を包んでくれていた。この寒さの中でも風邪を引かなかったのはこやつらのおかげか。

目を向けると、窓際にいたシロフクロウと目が合った。

「おはよ」

「ホゥ」

「今日は冷えるねぇ」

動物たちを降ろすと、部屋にあった魔法薬を持ち、体を震わせながらリビングへと向かう。着火剤代わりに使用すると部屋が早く暖まるのだ。

　早朝の廊下は冷え切っており、空気が張り詰めている。歩くと木造の床がきしみ、その音は足先から私を冷やす。私は寒気の中を歩いてリビングに入ると、椅子に座る女の子を横切り、暖炉へと向かった。そのまま薪と新聞と魔法薬を入れ、火をつける。

「ふぃー、暖けぇなあ」

　その瞬間、違和感を抱く。

　おかしい、何か変だった。

「今、女の子がいたような……」

「ねぇ」

「のわー！」

　腰を抜かして倒れ込んだ私の前に、一人の少女が立つ。

「何やってるの」

「それはこっちのセリフじゃい！」

　その顔には、どこか見覚えがあった。

「あっ……」

　透き通るような青い髪と白い肌。物語のお姫様を思わせる整った顔。少し異質な赤い瞳。

　何度もテレビで見て憧れた七賢人の一人、祝福の魔女ソフィがそこにいた。

「お、お師匠様！」

私がドアを開けてお師匠様の部屋に入ると、魔女ファウストは「朝からうるさいよ、メグ」と横たわったまま振り向いた。

「メグ、ちょいと腰揉んどくれ」

「ふぇ、ふぇーい」

悲しいかな、こんな状況下でも逆らえぬ自分の性分。

「じゃなくて！」

私はダンッとベッドを叩く。

「そそそ、ソフィ！　ソフィの幻影が！　幽霊がいたんですよ！　リビングに！」

「おや、もう来たのかい。早かったね」

「えっ？」

刹那、背後から人の気配がして、私は恐る恐る振り向く。

先程のソフィの幻影が立っていた。

「で、出たぁ！」

思わずお師匠様の腰に全力で抱きつくと、「ぐぇええええ」とお師匠様が断末魔の声をあげた。

「ファウスト、来たよ」

夢ではなかった。

昨日まで私が見ていた、七千万再生はされているであろう動画の、その中心に立っていた人物が、こんな田舎町のボロい家に、確かにいた。

○

「代理人？」

お師匠様のデスクに腰掛けるソフィに私が紅茶を出しながら尋ねると、「そう」とソフィは紅茶を飲みながら静かに頷いた。

「この時期は忙しい。特にこっちの依頼が多い」

「交換条件さね。ソフィをしばらく家に泊める代わりに、異界の門を開いてもらう。それさえ乗り切れば、その頃には私の腰も治ってるだろう。ラピスは首都のロンドにも近いし、ちょうど都合がいいみたいだからね」

それであの七賢人のソフィにコンタクトを取ったというわけか。

当たり前だけれど、そんな気軽なこと普通はできない。

「お師匠様、やっぱ七賢人なんすねぇ」

「やっぱとはなんだい。……いいかい、メグ。私はしばらく動けそうにないからね。お前がソフィに付き添うんだ」

「私が？」

耳を疑った。

「街のことや異界の門のことはお前の方が詳しいだろう。例年通り、お前がソフィの補助をするんだ」

「しぇええ……」

あの天才魔女のお手伝いを私が？

願ってもないことだが、やはり重圧はあった。ソフィが異界の門を開くとなったら当然話題になるし、注目も集めるだろう。例年よりも集客は増し、そんな中で魔法を実施することになる。万一ミスでもしようものなら、ソフィとお師匠様の顔に泥を塗ることになる。

私が内心ひよっていると、それを見透かしたようにお師匠様はニヤリと笑みを浮かべた。

「ソフィは天才だよ。しっかり学びな」

「は、はい」

相変わらずお師匠様は無茶振りばかりだ。

そっとため息を吐いてふと見ると、ソフィと目が合う。眠たげな瞳に、透き通るような白い肌に、サラサラの青い髪。まるで、雪のようだ。

私がボーッと見惚《みほ》れていると、ソフィは不意に「門」と呟いた。

「門、開く場所見たい」

「あぁ、現場視察ってことですかね。案内しやすね。私、メグ・ラズベリーです。よろしくお願いします」

「よろしく、ズベリー」

「切るとこおかしくない？」

ラピスの街へと続く川沿いの道を二人で歩く。

少し曇った空からは今にも雪が降りそうで、流れる川の水も半分くらいが凍ってしまっていた。突き刺すような寒気に身を震わせる中、私は今をときめく有名人と肩を並べて歩いている。

七賢人は確かに有名だが、その中でもソフィは別格だ。どちらかと言うと学者的な印象の強い七賢人の中で、メディアへの露出が最も多く、ファンもいて派手なのがソフィなのである。

その理由は、彼女の経歴と活動内容にあった。

若き天才として魔法史に登場したソフィは学問の世界でも優秀であり、物理学を専攻し飛び級でカレッジへと入学した。

卒業後、彼女は研究者の道を進まずパフォーマーとして世界中を回ることを選択する。花火などの発火現象やフラッシュなどの光彩現象を用いて、魔法パレードを執り行うことを生業としたのだ。

青い髪と赤い瞳という本人の異質で可憐《かれん》な容姿もあり、彼女はすぐに注目を集め、私が日常的に目にするほどまでになる。

今、最も世界的な注目を集める、若き天才魔女ソフィ・ヘイター。

昨日まで画面越しに見ていた時の人が、こんな片田舎を歩いている。まるで現実味がない。

「しっかし今日は寒いですねぇ。ソフィさんは平気そうですけど、寒くないんすか」

「別に」

雪みたいな外見にふさわしい寒気耐性だと思うも、声には出さないでおく。

ソフィは私と同い年のはずだが、どこか世代離れした独特の風格というか、迫力のようなものがあった。お師匠様や祈さんも七賢人ならではのオーラを持っているけれど、ソフィのまとう雰囲気はまた少し違う。人見知りなんかほとんどしない私でも、近づきづらさのようなものを感じる。壁というよりも、何だか身が引ける感じ。天性の才能を持つ人だけがまとう、オーラのようなものだろうか。

「何」

見つめすぎたのか、ソフィが私の顔を覗き込んできて、ギクリとした。思わずその場を取り繕うようにアハハと乾いた笑いを漏らす。

「いや、綺麗な顔してるなぁっと思って。その青い髪も素敵ですね」

「そう」

沈黙。空気が重い。

「この時期はパレードが多くて大変そうですね。あ、そういえば動画見ました。いやぁ、格好いいですなぁ、私と同じ歳なのにそんなに活躍して。やっぱ天才ですね。すごいですなあっはっはっは」

「別に」

盛りあがらない。

それどころか、ただの世間話なのに恐ろしい速度で藪蛇《やぶへび》を突《つつ》いている気がする。

「ねぇズベリー」

「ラズベリーです」

「あなた、二つ名はあるの？」

「二つ名？　私はただのぺーぺー魔女ですよ」

「ぺーぺー魔女ズベリー」

「それ二つ名ちゃうねん」

私が突っ込むと「そう」とソフィは相変わらずつまらなそうな顔をしていた。

そんな顔するくらいなら聞かないでほしいものだ。感情が顔に出ていたのか、ソフィは私の視線に気付いて口を開く。

「あなたはあの魔女ファウストの弟子。二つ名を持っていてもおかしくないと思った」

「あのー、そういうのって、やっぱ持ってないとダメなんですか？」

「二つ名を持たない魔導師はたくさんいる。でも、二つ名を持つことは人々に認められた証だから」

確かに二つ名は名誉の称号だ。でもそれは、七賢人みたいにすごい実績を持っているから与えられるものであり、私とは無縁の代物に思えた。

すると、不意に向かい側からバイクが走ってくるのがわかった。脇道に避けると、目の前でバイクが止まる。

「メグ姉、珍しいね。ここで会うなんて」

乗っていたのは、街のベーカリーの息子のオネットだった。

「オネットじゃん。家の手伝い？　偉いね」

「へへっ、まぁね」

オネットは照れくさそうに洟をすすると、ふとソフィに目を向ける。

「そっちの人は？」

「お師匠様の客人」

「ファウスト様の？」

するとオネットは、ハッと突然表情を変えた。わなわなと、震える手でソフィを指さす。人を指さすな。

「その青い髪と赤い目の色、もしかしてその人……ソフィ・ヘイター？」

「そだよ。お師匠様が腰をやっちゃってさ。今回、異界祭りでピンチヒッター頼むんだ」

「すげぇ、本物だ！」

オネットは目を輝かせ、羨望と尊敬の眼差《まなざ》しを向ける。そんなオネットの様子に、少しだけソフィは居心地が悪そうな表情を浮かべた。こういうのは苦手なんだろうか。

「あの、握手してください」

少し迷ったあと、ソフィはゆっくりとオネットに手を差し出す。

握手したオネットは、信じられないと顔を輝かせていた。

「やべぇ、世界のソフィと握手しちまった。この手もう洗えないよぉ」

「ベーカリーなんだから洗えよ。っていうか、仕事中じゃなかったの？」

「やばっ！　配達中だった！　それじゃあソフィさん！　またどこかでお会いできたらぜひ声をか

けてくださいね！　あ、それとうちのベーカリー駅前の広場にあるんですけど、良かったらあとで来てください！　最高のパン用意しとくんで！　それから」

「ええから早《は》よ行け」

それじゃあと言うと、オネットはさっそうとバイクを走らせて去っていった。背中が見る見るうちに小さくなっていく。

「嵐のような奴じゃのう。すいやせん、田舎者だから有名人見てはしゃいじゃったんですよ」

「別にいい」

ソフィはそう言うと、ふと握手した自分の手をマジマジと見つめた。その瞳は、どこか悲し気にも見える。

「あの、ソフィさん？　そんなに心配しなくても、一応ベーカリーですからトイレのあとは手ぇ洗ってると思いますよ」

「そこに心配はしていない。……大丈夫。先を急ぐ」

「あ、はい」

スタスタと歩くソフィの後ろを付いていく。

その時は、まだ彼女の表情の意味が私にはわかっていなかった。

ラピスの市街地につくと、ソフィはふと足を止めた。

「どうしたんすか？」

「念のため」

彼女は自分の髪の毛に手を当てると、そっと手ぐしで髪をすく。

すると、ソフィの髪の色が根本から順に茶色く染まっていった。

赤く澄み切った瞳の色も、明度を落とし目立たない色に変わる。

見たことのない技術に、私は圧倒された。

「さっきの人、騒いでたから」

「ああ、オネットですか？　確かに、あのソフィが街にいるなんてわかったら大騒ぎになるかも。ただでさえみんな田舎者だし……。でもいいんですか？　せっかくの青い髪を染めちゃって」

「そんなに長くはもたない。一時的」

ソフィはそう言うと、人差し指と親指で髪をつまんだ。

「この髪と瞳の色からは、逃れることはできないから」

「どゆこと？」

私の問いには答えず、中二病患者のような発言をしたソフィはスタスタと歩き出す。

市場に入ると、今日も道行く人々が次々と声をかけてくる。


「おや、ファウスト様のお弟子さん。街に用事かい？」

「ちょっとね」

「おうお弟子さん！　今日はお友達と一緒かい」

「へへ、いいでしょ」

「魔女のお姉ちゃんだ！　ねぇ遊ぼうー」

「今日は用があるからまた今度」

「見習い魔女だー！　やーい、万年補欠、貧乳、ブサイク！」

「貴様どの口がほざいとるんじゃ人と牛の糞をかき集めて三日三晩煮込んだ液体の中にぶち込むぞ！」


　街の住民と軽く挨拶を交わしつつ、私たちは中心部にある広場へと向かった。

　思惑通り、誰もソフィの存在に気付く人はいない。

「騒がしくてすいませんなぁ」

「いつもこんな感じなの」

「まぁ、そですね。小さい街ですから、知り合いに会いやすいんですよ」

「ふぅん……」

　すると、ソフィはじっと市場の方へ顔を向ける。

「あの……どうしたんすか？　そんな神妙な顔して」

「別に。ちょっと気になった。名前が」

「名前？　街の人の名前です？」

「違う。あなたの名前。誰もズベリーを名前で呼ばないなって」

「えっ？　そう言われれば……」

今まで当たり前すぎて気が付かなかった。この街の人は皆、私のことをメグ・ラズベリーではなく、『魔女ファウストの弟子』として認識している。

「まぁ、お師匠様は偉大な魔女ですし、私もそのお陰で馴染《なじ》んでるところがありますから。仕方ないのかもしれないですね」

「そう」

ソフィは興味なさげに私を見る。

「ズベリーに二つ名がないわけがわかった」

「えっ？」

「あなたはまだ、認められていない魔女なんだね」

呟くように言うと、彼女はそのまま歩いていった。私は一人、その場に取り残される。

「何なん一体……」

妙に刺々《とげとげ》しいというか、測られているような、そんな感じ。私の何が気に入らないっていうんだ。

いまいち考えというか、感情が読めない。

もやもやを抱えているうちに、街の中央にある広場へと到着してしまった。

「ここが街一番の広場です。開門作業はここでやる感じですね」

ラピスの中心に位置するこの広場は、イベントスペースや街の住民の憩いの場所として親しまれている。休日にフリーマーケットが開かれたり、ライブを行ったり、老人が集って井戸端会議したり、学生がダンスの練習をしていたり……いろいろだ。

ここに大きな異界の門を構築し、異界と現世をつなげるのが私たちの役目。

ソフィは歩き出すと、指先で空中に軌道を描く。すると描かれた軌道に沿って光が走った。おぉ、と思わず声を出す。

「すごい！　何やってんですかそれ」

「門の仮想構築」

「えっ、もう？」

まだ来て一分くらいしか経ってない。土地の魔力の特徴とか、門の詳細や魔法の構築術式のことも話していないのに、一体どういう頭の構造をしてたらそんなことができるのだ。

ソフィからは、根本的な異次元さを感じた。

才能やセンスといった、天性の能力の違いを。

ソフィは指先で空中に魔法陣を描くと、それを発動させる。すると、そこに門の幻影が生まれた。人が三、四十人くらい通っても差し支えないほどの大きなサイズで、まるで実体のないホログラムだ。

「サイズはこれくらい？」

「はい。……あの、これって、もしかしてパレードの魔法ですか？」

「そう、幻影魔法を応用している」

ソフィの魔法パレードでは、たくさんの現象魔法が同時に発動され、コントロールされていると、どこぞの魔法使いの考察サイトで読んだことがある。つまり複数の魔法術式を同時に構築・展開・操作までせねばならないのだ。それは一人でオーケストラを演奏するような大仕事で、普通の人間にできることじゃない。

だからこそ、彼女のパレードはたくさんの人を感動させる。

異才だ、と思った。

同い年の女の子との格差にヘコむものの、落ち込んではいられない。この機会にソフィの技術を盗めるかもしれないのだ。これを見逃せば、私はただの大馬鹿三太郎である。

「一つ聞いていいですか」

「何」

「こういうのってどうやって身につけたんですか？」

「原理は単純。化学、物理の仕組みをまず理解する。その上で、それを魔法で再現すればいい。基礎知識があれば、構築するのは難しくない」

「なるほど、無理だな」

ちょっと異次元すぎる。こんな天才から、私は一体何を学べばいいというのだ。

その時、不意にどこからか音が鳴った。

きゅーきゅるる、ごろ、ごろごろごろ、ぐるるるるるひどい音だ。誰か腹でも下してんのか。

そう思っているとソフィがお腹を押さえた。

「お腹減った」

「あんたかい」

そういえば、朝から何も食べてなかった。私も結構お腹が減っている。

「じゃあ、オススメの店でも行きますか」

「オススメの店？」

私たちが足を運んだのは、広場の傍《そば》にあるベーカリーだった。ここにはカフェスペースがあり、購入したパンを店内で食べることができる。

私の目の前で、ソフィはその小さな口でサンドイッチをもぐもぐと頬張った。まるでハムスターのようになっている。

こうして見るとソフィはずいぶん幼く見える。同い年と言うよりは、年下だ。とても世間を騒がせる天才魔女には思えない。

「ふぉふぃふぁふぇ」

「一言もわからん」

ゴクリ、と彼女は咀嚼物《そしゃくぶつ》を飲み込む。

「美味しい」

「でしょ。ここ、さっき会ったオネットの両親が経営してるんすよ」

ソフィは紅茶を口に運びながら、物珍しげに店内を見回す。平日のまだ午前中、この時間にカフェスペースを使う客はほぼいない。店内の客は私たちだけだった。

緩やかなジャズがかかった店内からは街の大通りを見渡すことができる。

どこか忙しそうな会社員、ベビーカーを押す女性、杖をついて歩く老人。

どれも、この街の日常だ。

「いい街。穏やかで、みんな気さく」

「それだけが取り柄の地方都市ですから」

何気ない会話のはずなのに、ソフィの表情はどこかさみし気で空虚だ。冬という季節が持つ寂しさを形にしたら、こんなふうなんだろうか。

「ねぇ、ズベリー」

「ラズベリーです」

「あなたはどうして魔法を学ぶの」

「えっ？」

急な質問に言葉が詰まる。

「ファウストの下であなたは魔法を学んでる。何故」

「何故、と言われましても。成り行きというか、自然とそうなったというか」

「どういうこと」

「私、孤児なんですよ。幼い頃に両親を事故で亡くしてて。施設に入れられそうになった時、お師匠様が私を引き取ってくれたんです。それ以来、お師匠様が親代わりって感じで。物心ついた時から当たり前に魔法があったんですよ」

「孤児……」

「確かソフィさんも、小さい時から魔法を勉強してたんですよね」

「私はそうする必要があったから……」

「そうする必要？」

どういう意味だろう。

ソフィの出生にはかなり謎が多い。

幼い頃に彗星《すいせい》の如く姿を見せた天才魔女。

でもその過去は依然として闇の中で、ネットのどんな記事を見渡してもそこに言及しているものは存在しない。

ミステリアスな部分もまた、彼女が人気な理由の一つなのだけれど。

「ズベリーは魔法でやりたいこととかないの」

「金儲《かねもう》けです」即答した。「あ、でも……」

「でも？」

「その前に、まずは生き抜くことですかね」

「生き抜く？」

「はい。長生きするのが第一です。いろんな人のこと、忘れたくないから」

私の命は、このまま行けばあと十ヶ月程度で消えてしまう。

でも、それだけは絶対に避けるのだと心に決めた。

成し遂げたいこと、大切だった人のこと、知りたいこと。

私には、生きねばならない理由がたくさんあると気付いたから。

「ささやかだね、ズベリー」

「ラズベリーです」

「でも、魔法を扱うには、いろんなものを持ちすぎだね」

「どういうことです？」

ソフィは私の顔をじっと見る。

「ズベリーがやりたいことは、魔法である必要性がない」

「えっ？」

「お金儲けも、長生きも、それこそ、今の世の中なら魔法よりもずっと効率的な方法がたくさんある。何となく魔法を学び出したズベリーには、魔法を学ぶ明確な目的がない。ファウストに教えを受けているのに、あなたがまだ『認められていない魔女』なのは、それが理由」

「じゃあ、ソフィさんの目標って何なんですか」

すると、ソフィの瞳に突如として闇が満ちた。

「私の目標は……魔法をこの世から消すこと」

その表情には、それまでにない暗い感情が浮かんでいた。

「私からすべてを奪った魔法を消す。そのために私は魔法を学んできた」

信じられなかった。

たぶん世界で一番人を感動させている祝福の魔女の目標が、魔法を消すことだって？

ソフィの声は切実で、冗談を言っているようには見えない。

「ズベリー、同じ境遇だから、あなたに教えてあげる。全部を捨てないと魔法は身につかない」

「全部って……」

「全部。家族、故郷、友人、夢。それらを捨てて目的に向かうことだけが、魔法を早期に身につける最適解」

「またまた、冗談も休み休み言ってくださぃよ」

「冗談……冗談……冗談」

「冗談を休み休み言っている」

「何やってますのん」

「違う、そうじゃない」

その時、不意に人の気配がして私はハッと目を向けた。

いつの間にかそこに、体を小刻みに震わせるオネットが立っていた。

「おぅオネット、帰ってたんだ。邪魔してるよ」

すると、わなわなと震える手でオネットはソフィを指さす。人を指さすなと教わらなかったのかこいつは。親の顔が見たいものだ、と私はレジをチラリと一瞥《いちべつ》する。あんな顔か。

「その茶髪の人ってもしかして、ソフィ・ヘイター……？」

「そうだけど、さっき会ったっしょ？」

「だって全然髪色違う……。嘘だろ、あのソフィ・ヘイターが俺の実家で飯食ってる。茶髪でもめっちゃ可愛い……」

「あんたホントに気持ち悪いな」

呆れて思わず嘆息する。オネットのせいですっかり話の腰が折れてしまった。

ソフィもう話す気はないようで、何事もなかったかのように平然とした顔でお茶を口に運んでいる。

ただ……さっき一瞬見せた、ソフィの闇の部分。

あれが、ソフィの見せた本当の顔に思えた。

○

「魔法を消す……か」

自室のベッドに横たわって、私は天井を見上げた。カーバンクルが私の顔を覗き込んでくる。頭を撫でてあげると、カーバンクルは気持ちよさそうに目を細めた。

ソフィは、魔法が自分のすべてを奪ったと言っていた。あれだけ世界で活躍して、たくさんの人の羨望を集めているのに「奪われた」と。

その言葉の真意はわからないけれど、理解できないわけじゃない。魔法さえなければ、私の人生も変わっていたかもしれないからだ。魔法がなければ呪いにかかることもなかったし、学生をしてもっと楽しい毎日を過ごしていたかもしれない。少なくとも、平穏無事で、命の危険にさらされることのない、普通の暮らしをしていたはずだ。

でも、同時に思うのだ。

きっと魔法がなければ、私はたくさんのものを手にできていなかったと。街の人と知り合うこともなければ、祈さんやソフィとも出会わなかっただろう。私に頭を擦りつけて甘えるカーバンクルや、窓辺から見つめてくるシロフクロウも傍にいないし、そもそもお師匠様に拾われてすらいなかったかもしれない。

少なくとも『魔女メグ・ラズベリー』はこの世に存在しない。

すべての物事には、表と裏がある。

それはお師匠様から教わったことだ。

確かに魔法があることで、辛い想いをしたこともあった。

でも、一方で魔法があることで、私はたくさんのものを得ている。

それはきっと、ソフィだって同じはずだ。

「あー、考えまとまんね。茶でもしばくか」

「キュイ」

肩にカーバンクルを乗せ、リビングでお湯を沸かしていると「あてて……」と弱々しい声を出しながらお師匠様が姿を見せた。

「お師匠様、もう立って大丈夫なんすか」

「何とかね……。お前の湿布が効いたんだろう」

「そりゃよかった。お茶飲みます？」

「もらうよ」

熱々の紅茶を飲み、二人してほぅと息を吐く。寒い冬には茶が美味い。昔から言われてんだね。

「ソフィはどうしたんだい」

「客間で寝てますよ。帰ってきてすぐに。ばったりと」

「疲れたんだろうね」

「お師匠様、ソフィは昔からああだったんですか？」

「どういうことだい？」

「いっつもどこか寂しそうというか、孤独が巣食っているというか。魔法を嫌っているのと、関係していようでしたけど」

私が言うと、お師匠様は「そうだね……」とどこか遠くを見つめた。

「初めて会った頃にはもう、人と関わろうとせず、一人でいようとしていたね」

「ソフィは、魔法を消したいと言ってました。私はいろんなものを持ちすぎだって」

「そうか……あの子からすれば、お前はそう見えるのかもしれないね」

「どういうことです？」

「メグ、ソフィがいくつで家を出たか知ってるかい？」

「七賢人になった時じゃないんですか？　十七でしょ？」

「五歳だよ」

「五歳!?」

「賢すぎたんだよ、あの子は誰よりもね。そして、誰もそんなあの子を受け入れようとしなかった」


北国で生まれたソフィは、生まれながらにして非常に強い魔力を有しており、そのせいで青い頭髪と赤い瞳を持って生まれた。

生まれてきた我が子を見て、ソフィの親族は「悪魔の子が生まれた」と嘆いたと言う。

それでも両親は、彼女を愛そうとしたそうだ。

だが、彼らはすぐに我が子が普通の子供とは違うことを思い知らされることになる。

「パパ、ママ……」

ソフィが初めて言葉を口にしたのは、一歳の頃だった。一般的な赤ん坊がようやく単語を口にするような時期に、ソフィは既に人と会話できるまでになっていたのだ。

さらに二歳になる頃には文字や算数を理解するまでに至っていたと言う。

ただ、それだけではなかった。

「ねぇ、あそこに男の子が立ってるよ」

三歳になる頃、ソフィはそのようなことを口にするようになった。

何もない場所に、誰もいないはずのものを見る。両親は最初、それを子供のイタズラや嘘だと思った。

「ソフィ、ここにあるお皿持っていった？」

「さっき男の子が洗面所に持っていったよ」

「またそんなこと言って……」

その時、バリンと何かが割れる音がした。

母親が確かめに行くと、洗面台に割れた皿があったそうだ。

それは、つい先程母娘《おやこ》が話していたものだった。

そうしたことが重なり、徐々にソフィの両親はソフィのことを不気味がるようになった。周囲の人間も、ソフィから距離を置くようになる。

一人ぼっちだったソフィは、その頃から魔法に興味を持つようになり、独学で魔法を学び出す。

幼いソフィからしたら、それは両親に気に入られたくてやっていたことなのかもしれない。だが、魔法というものの認識が薄かった北国において、それは「悪魔の技だ」と恐れ、疎まれるようになった。

孤独で、見えないものを見て、人が理解できない力を使う。

それが、世界中の人間から賞賛を浴びる天才の出生だった。

やがて彼女は魔法協会に見定められ、特別な教育を受けるための魔法教育施設に入ることになる。

彼女の両親はそれを、快く受け入れた。

その時、たまたま協会から依頼されて、教育施設の臨時講師をしていたのがお師匠様だったそうだ。


「初めてソフィを見た時、なんて悲しい目をした子だろうって思ったよ。あの子は、幼くして自分が捨てられた事実を悟り、それを受け入れようとしていた。魔法はソフィの人生を変えてしまったんだ。あの子は自分の一番得意なことで、一番大切な人たちから捨てられたのさ」

「そんな……」

「孤独なあの子にとって、お前は恵まれすぎているように見えたのかもしれないね。同じような境遇にあるのに、たくさんの人が周りにいるお前が。ソフィに足りなかったのは、ただ魔法を受け入れる環境と、周囲の理解だけだったから」

「ソフィが魔法を憎んでいたのは、そのせいだったんですね」

私はずっと勘違いしていた。

ソフィは恵まれた家庭の子で、小さな頃から魔法の英才教育を受けていたと。

英才教育を受けたことは間違いないのだろうけれど、きっとソフィの中にはずっと葛藤があったに違いない。

大切な人がいなくなってしまったのは、魔法や魔力のせいだったのだから。

――私の夢は、魔法をこの世から消すこと。


ソフィは確かにそう言っていた。魔法という概念そのものが消えてしまったら両親と普通に暮らせると、彼女は今もそう信じているのかもしれない。

ソフィがあの歳で世界を股にかける魔女になったのは、きっと執念だ。何も持っていなかったソフィにとって、唯一残されたのが魔法だったから。ただひたすら、その技術を磨くしかなかった。

そして、大切な人がいて帰る場所もあるのに、目的もなく成り行きで魔法を学んでいる私が、ソフィは許せなかったのだろう。

何も持たないことが、魔法を研鑽《けんさん》する一番の方法。

確かにそれも一理あるかもしれない。

でも、本当にそうなのだろうか。

「一つだけ疑問があるんですけど、どうしてソフィは魔法嫌いなのに祭典や式典のパフォーマンスなんてやってんですか。あんなの、最も魔法を主張するようなもんじゃないですか」

するとお師匠様は、少し寂しそうに「気付いてほしいんだろうね」と言った。

「あの子は独りだけれど、きっとどこか、まだ人を求める気持ちがある。だから、大勢の人に喜んでもらえる魔法を選んだんだ。いつかきっと、両親が認めてくれるかもしれないとね。あの子は、魔法で失ったものを、魔法で取り戻そうとしてるんだよ」

「魔法で……」

毅然《きぜん》としていて、言葉足らずで、何を考えているのかわからない天才魔女。

彼女は、きっと必死だった。

……いや、今も必死に違いない。

「いいかい、メグ。お前はソフィとは比べものにならない馬鹿だし、恵まれたぬるま湯で育った甘ちゃんだ。騒がしいし、いいところは料理上手なところくらい」

「暴言がすぎる」

「でも、お前はソフィにはないものを持ってる」

「ソフィにはないものって……」

「お前は、ソフィと同じような境遇で育った。でもね、私はただの一度も、お前の中に澱みを感じたことがない。お前の中には光が宿ってる。その光は、あの子の氷を溶かすものだ」

そう言って、お師匠様はにやりと笑った。

私はその顔を見て、思わずため息を吐く。また無茶ぶりじゃないか。人の心を開くことなど、そう簡単にできるものか。

でも、少なくともこのままにしておくのは、なんか嫌だ。

あれだけすごい魔法を使えて、世界中の人から賞賛される彼女が、ずっと独りのままなのは悲しいことだから。

○

次の日から、私とソフィの共同作業が始まった。

ソフィが異界を開くための全七段階にも及ぶ魔術式を構築。そして必要な資材を割り出し、街中から調達する。

毎年同じことをやっているのだが、魔術式を使い回すのは原則できない。それは、街に流れる魔力の流れや環境が、少しずつ変化するからだ。建物一つ変わるだけで、魔力の構築式は変化する。異界につなぐ門を構築するのは、それだけデリケートな作業と言えた。

「メグー！　差し入れ持ってきたよ」

「おお、フィーネたそ！　ありがとう」

スーパーで買ってきたらしいお茶やらパンやらを受け取り、私は親友に頭を下げる。

「聞いたよ、今回ファウスト様が腰痛めたって？　一人で大丈夫なの？」

「ふっふ、聞いて驚くことなかれ、超強力な助《すけ》っ人《と》がおるのじゃよ」

「助っ人？」

「ズベリー、銅はどこに置いたの？」

タイミングよく声をかけてきたソフィを見て、フィーネは目を丸くする。

「も、もしかしてあの七賢人のソフィ？」

「そう」

するとフィーネは「あぁ……」と声を出してよろめいた。私はすかさずその肩を抱く。

「ヤバいメグ……私、漏らしそう」

「大丈夫？　飲もうか？」

「やめなさい」


そんなこんなで数日が経った。

第一術式、第二術式と構築してきた異界の開門魔術式もいよいよ大詰めだ。

ここ数日間、ソフィと共にいてわかったことがあった。

それは、ソフィの魔法と学問の知識は本物だということ。

そしてまた、そのソフィ以上に能力があるのが、永年の魔女ファウストということ。

ソフィはその若さで七賢人になるのも頷けるほど、手際と要領がいい。だが、それでもお師匠様の実力の方が勝っていると感じる部分も多い。自分がどれだけすごい人から教えを受けているのかを、改めて実感した。

最初は元気だった私たちだが、さすがに第七術式構築の頃には疲労が重なっていた。普段はあまり表情を見せないソフィの顔にも、疲労の色がにじみ出ている。

「今日から第七術式の構築に入る」

「うへぇ」

ソフィは時折指先で魔法陣を空中に構築しては、魔力反応をシミュレートしている。

そういえば、以前会った七賢人の祈さんも、指先で魔法を描いていた。しかもかなりの規模の魔法術式を一瞬で、だ。

ソフィがやっているのも同じ手法のようだが、何か方法があるのだろうか。

「指先で魔法陣描くのってどうやってるんです？」

「二つのセンテンスでいい。指先に魔力を集めて詠唱効果を付与。空間に魔力の流れを生みだして式を構築。これを最短で行うなら式の短縮作業も伴う」

「なるほど全然わからん」

何度か試してみるも、上手くいかない。指先に魔力を集めるという感覚が、まず理解できなかった。

「難しいですね」

「反復練習」

「うい」

あとで家に帰ったら練習するか。そう思っていると、ふとソフィが構築している魔法術式が目に入り、私は何か違和感を抱いた。

「ソフィさん、魔法術式変えました？」

私が尋ねると、ソフィは首を傾げる。

「何故」

「いや、なんか術式の構成が往年のものと違う気がして。ちょっと変えすぎというか、この辺りとか異界との空間接続を安定させる術式ですよね。禁則事項というか、この術式と混ぜ合わせると反発しません？　矛盾が出るというか」

「むぅ……」

私の指摘に、ソフィは押し黙る。毎年お師匠様の手伝いをしてきたからか、異界の開門術式に関してはいくつか仕組みを理解しているつもりだ。だから、学術的な理解は伴わずとも、何となくどこが変なのかはわかる。

「わざわざ術式構成を変えるなんて、何かやろうとしたんですか？」

「門のサイズを大きくしようとした」

「門のサイズを？　どうしてまた？」

「過去のデータから見て、異界祭りは年々異界からの来場者数が増えてるのがわかった。往年の規模で門を作ると、安定するけど出入り口としては小さい」

「なるほど、確かに」

異界祭りでは大勢の異界の住民がこちらの世界にやってくる。だからこそ、大きな門を構築した方がより便利になると思ったのだろう。ソフィなりに、この祭りを良くしようと思ってくれているのかもしれない。

ただ、魔法の規模が大きければ大きいほど、その魔法は崩れやすく、力の調整も難しくなる。術を安定させるための魔術式を追加で組み込まねばならず、そうすると、今回みたいに術式の矛盾が発生しやすくなるのだ。構文が崩れたり、火の魔法なのに水の魔法を組み込んでしまうようなミスが出てしまう。

「大丈夫、これでいける」

「そうなんですか？」

「私はこれまで大規模魔法を扱ってきた。私ならこの門を十分なサイズで生み出せる」

　そうなんだろうか。

　少なくとも、お師匠様が今まで大きな門を構築してこなかったのはできないのではなくしていないからだと思う。安全第一で、お師匠様は魔法を組み込んでいた。

「ソフィさん。確かにこの門は参加者の規模から見ると小さいです。けど、その分安定しています。異界の門が不安定になると何が起こるかわかりませんから、もし術式を変えるなら、お師匠様に相談してみた方がいいと思うんです」

　しかしソフィは首を振った。

「大丈夫。ファウストには頼らない。この構成で成立する。間違いない、保証する。命をかける」

「もっと大事にして」

　ソフィは、何かをためらっているようにも見えた。

　彼女がどういう人間か、そのすべてを知ったわけじゃない。だけど、少なくとも、愚かな人でないとは思う。確かに自分の才能や能力を信じている部分はあるだろうけれど、それだけじゃない。

誰かに頼ることを躊躇《ちゅうちょ》しているような、そんな印象を受けた。

「大丈夫……かぁ」

お師匠様に相談した方がいいだろうか。とは言え、あまり掘り返すのもかえって角が立ちそうだ。少なくとも、世界的魔女が言うのだから、大丈夫だとは思う。私よりは、ずっと深く学問と魔術式に精通しているのだから。

何か心の引っかかりを感じつつも、私はこの件にフタをすることにした。


第七術式の構築を終え、門を開く前夜となった。あとは、明日九時の開門式を待つだけだ。

準備を終え、私たちは家路につく。夕陽が街を照らす中、歩いた先々で街の人に声をかけられた。その頃にはソフィが今年の異界祭りを執り行うことはすっかり広まっていて、街の人も彼女のことを受け入れているようだった。ソフィも、わざわざ髪を染めて正体を誤魔化すようなことはしていない。

「へへっ、ソフィさん、コロッケ買ってきましたよ」

「食べる」

二人でコロッケを食べながら夕暮れの街を歩く。茜色《あかねいろ》に染まった街は、いつもと変わらないけれども、少しだけ違って見える。既に祭りの飾り付けが終わり、ラピスの街中にどこか浮き立った空気が流れていた。

すると頬をリスのように膨らませたソフィが口を開く。

「ふぇふぉふぁふぇふぁふぇふ」

「食べてから話しなさい」

「人が多い」

「そりゃあまぁ、異界祭りの直前ですから」

一年に一度の異界との交流は、ラピスを発展させ、そして異界にも多くの恩恵を与えてきた。この街の住民にとっても、年に一度の大祭なのだ。故に旅行客もこの時期は増え、街は賑わう。

「どうっすか、祭りの前のこの雰囲気」

「嫌いじゃない」

「そりゃ良かった」

人を眺めるソフィの顔は、どこかとても優しく、温かい。魔法を消すと言ったあの時とは、とても同一人物には見えなかった。

「ソフィさん、やっぱり人が好きなんすね」

「やっぱり？」

「人嫌いなのかなって思ってたので」

「そんなことは誰も言ってない」

「でも、魔法を消したいんでしょ？」

「魔法は嫌い。でも、嫌いな魔法のお陰で、人に必要とされている」

「その魔法を失うことは、怖くありませんか。居場所がなくなるみたいで」

私が言うと、ソフィはじっと私の顔を見てきた。

「ファウストから何か聞いた？」

「まぁ、多少」

「おしゃべりだね」

「否定はしません。……ねぇ、ソフィさん。私は魔法が好きですよ。こういう異界祭りも、ソフィさんと知り合ったのも、街中の人が声をかけてくれるのも、魔法があるお陰だと思ってます。私と同じように、ソフィさんも魔法のお陰で手にしたものがあるんじゃないですか」

「わからない」

ソフィは、ただ空を見上げる。

夜色が混ざる空には、既に月が浮かんでいた。

「生まれた場所だけが、居場所じゃないですよ。寂しくなったら、いつでもうちに遊びに来てくださいよ。見物客も呼んで、たくさん金をふんだくりましょう。マージンは私が五割」

「ズベリー」

「はい」

「あとでお前を殺す」

そう言ってソフィは、どこか嬉しそうに笑った。

○

そしていよいよ、門を開く時が来た。

地方都市ラピスの中心にある大広場。半径二十メートル四方に立てられた安全柵の中心に、私とソフィは立っていた。

メインの魔術式はソフィが、補助魔術式は私が発動させ、開門と定着と安定化の作業を同時に執り行う。

お師匠様と執り行う時は、いつもお師匠様が一人でこなしていた。今日の私は、その一部を担うことになる。

街中の人が柵の外から一目ソフィを見ようと集まっている。例年よりずっと人が多い。これが七賢人ソフィ・ヘイターの見ている世界かと、何となくそんなことを思う。

「それじゃあラズベリーさん、今年もよろしく頼みますね」

衆人環視の下、私はラピス市長のカーターさんと握手をする。この恰幅《かっぷく》が良くてヒゲが生えたおじさんとも、ずいぶんな付き合いだ。

「任せてよ！　今年も大盛況すぎて逆に問題になってゴミ騒動や騒音問題のせいで立ち上がった対策会議によって市長さんが連日寝不足になる程度にはするからさっ！」

「もう少し抑えてもらっていいですか」

市長は私と握手したあと、緊張した面持ちでソフィに手を差し出した。ソフィはいつもの毅然とした表情で、市長の手を取る。

「そ、ソフィ・ハイターさんですね。お噂《うわさ》はかねがね」

「違う」

首を振るソフィに「へっ？」と市長は間抜けな声を出す。

「市長！　ソフィ・ヘイターだよ！　ビッグゲストなんだから名前くらい確認しときなよ！」

「うひぃ、メグちゃんゴメンよ」

「謝る相手が違うでしょ！　あと、公共の場ではラズベリーって呼びなさいよ！」

「ひぇぇえ……」

全然頭が回ってない。派手な表舞台に立つソフィを前にして、市長といえど畏縮しているのだろう。慣れ親しんだお師匠様と対峙《たいじ》する時とは緊張の度合いが違うのかもしれない。

とにかく、市長の田舎者っぷりは見ていられなくて思わずこちらの方が頭を抱えそうになる。

「ほら、用が済んだらさっさと帰る！　危ないよ！」

「ふぁ、ふぁい」

慌てふためく市長を帰らせ、ようやく一息。

私はソフィと目を合わせ、頷き合った。

いよいよだ。

「ズベリー、準備はいい？」

「もちのろん！」

「表現がおっさん」

ソフィはそう言いながら、第一魔術式を発動する。すると光量が落ち、昼間にもかかわらず周囲が薄暗くなるのがわかった。魔力反応だ。

広場の中心に時空の歪みが発生する。ソフィはそのまま第三魔術式までを発動。一気に入り口を広げ、異界へとつないだ。

めちゃくちゃ早いがついていけないわけじゃない。お師匠様は七つの魔術式を一気に展開するからだ。そこに私の関与する余地はないが、今は違う。初めて使う異界術式を発動させているソフィと、ずっとお師匠様の傍で魔術式を見てきた私。少しくらいは近づけるはず。

私も補助魔法である第四、第五魔術式を展開し、広がった空間を安定、定着化させる。

ここまでくればあとは第六術式で門を錬成し、第七術式で結界を張って安全にするだけ。

第六術式を発動させ門を構築するソフィを見つめていると、私は不意に気付いた。

ソフィが発案した第七術式に『歪み』が生じていることに。

「ソフィさん、待って！」

「……？」

その瞬間、第七術式は壊れた。

カッと、強い光が放たれたかと思うと、構築していた第七魔術式が消え、結界が完全消失したのだ。

物凄い反発が起こり、思わず私とソフィはその場に倒れ込む。

一瞬のことだった。

「痛たたた……」

お尻をさすりながら顔を上げ、絶句する。

そこに、結界の張られていない門が野ざらしになっていた。

呆然とする私たちをよそに、周囲の観客は術式が成功したのかどうかわからず、出現した門に歓声をあげている。

そのヤバさに気付いているのは、私たちだけだった。

○

異界の門。

その先にあるのは、数千通りの世界だ。私たちにとって有益な世界もあれば、反対に害をなす世界もある。

異界との交流は世界を発展させ、文化を進化させる。長い長い歴史の中で、異界との交流により発達した文明は数多くあった。農業や工業、建築業などが飛躍的な進化を迎えるのだ。もちろん、私たちが異界に技術を伝えることで相手の世界を発展させた事例もある。

双方にとって有益な世界とつなぐ。それが門の役割。

一方で、長い歴史の中で甚大な被害を受けた事例も存在している。

黒血病やモネラ熱病などの新種の菌などは、数百年前の開門時にこの世界に流れ込んだと言われている。何千万という人が死に、特効薬が開発されるまで五十年近くかかった。

凶悪な魔獣がやってきて、数百人を食い殺した挙げ句駆逐された例もある。

中には術式を構築した魔法使いを生き餌とした例も。

門は、私たちに有益であり、同時に非常に高い危険性を秘めた存在だ。

私たちにとっての害を排除するために必要なのが結界。

その最も重要な結界の構築式を失敗して、門だけがそこに存在している。

つまりそれは、ここにいる全員に死ぬ可能性が生まれたということと同義だった。

ヤバいヤバいヤバい。

脳内で警鐘が響き渡る。

全身に冷や汗が浮かび上がり、血流が目まぐるしく体内を巡るのがわかった。

何が起こったのかを正確につかみ取り、状況判断をせねばならない。

初期対応を失敗すれば、歴史に名を残す『血の日』が生まれる。

……やるしかない！

「ソフィ！」

私の叫び声に、ソフィはハッと私の方を向いた。

「結界術式を構築して！　私が時間を稼ぐから！」

ソフィが大型の結界術式をもう一度構築するまで、私が弱い結界を簡易的に張り続ければどうにかなる。

地面に陣を描いていたら時間がかかりすぎる。速攻で魔法を発動させる必要があった。

私の頭にあったのは、先日のソフィとの会話だ。


――指先で魔法陣描くのってどうやってるんです？

――二つのセンテンスでいい。指先に魔力を集めて詠唱効果を付与。空間に魔力の流れを生み出して式を構築。これを最短で行うなら式の短縮作業も伴う。


私は指先に魔力を集め、頭の中で魔法陣の流れをイメージした。体の中で魔法陣を描いて、指先を出口として発動させる。そんなイメージ。

できてるのかわからない。やるしかないのだ。

魔力を集めた人差し指を空中につけると、妙な感覚がした。空中にある透明なアクリルボードに指をつけるような感覚。そんな感覚は、生まれて初めてだった。

大丈夫、描ける……！

私が宙に文字を描くと、そこにサッと光が生まれた。

簡略化の術式を生み、発動させる。するとそこに結界が構築されるのがわかった。

上手くいった……！

できなかったことができるようになったのに、感動する間もない。簡易結界は構築するのが簡単だけれど、効果が短く十秒も保《も》たないからだ。だから休む間もなく手を動かさないと間に合わない。

一つ、二つ、三つ。

指先で次々に魔法を生み出す。意識を集中しすぎたのと緊張で気絶しそうになるのを何とか堪えた。

頭で処理することが多すぎて鼻血が出てくる。

それでもお構いなしに私は魔術式を構築し続けた。

今頑張らなかったら一生後悔することになる。それがわかっていたから。

早く早く、もっと早くしないと。

速度がどんどん早くなるのがわかる。それと同時に、自分が恐ろしい速度で体力を消耗していることにも気が付いていた。これだけ連続で魔法を使ったのは初めてだ。

「もっと早く、もっとはやく……」

徐々に意識が薄れる。視界が端の方から暗闇に包まれ、思考が朦朧《もうろう》としてきた。

今どれくらい時間が経ったんだろう。

私は、何回魔法を構築したんだろう……。

その時、誰かが私の手をつかんで、薄れかけていた意識が覚醒した。

「ズベリー、お疲れ」

「ソフィ……」

「もう大丈夫」

そう言われてみると、門の周囲には結界術式が張られていた。しっかりと展開されているだけでなく、術式強化までされているのがわかる。術式の理論を再度組み立て、改良までしたのだ。

「どれくらい経ったんだろう……？」

「二、三分くらい」

「たった二、三分？」

それだけの時間で結界術式の修正と再構築、そして改善まで行ったのか。ミスをしてもリカバリー力が半端ない。さすがに稀代《きたい》の天才と称されるだけある。

「やっぱり敵わないなぁ、七賢人には」

「ズベリー、鼻血出てる」

「あ、ホントだ」

「それから」

「はい？」

「ありがとう」

ソフィは私と目を合わさず、少しだけ頬を紅《あか》く染めてそう言った。

観客に私たちが頭を下げると、ワッと大きな拍手が起きる。

その観客に、慣れた様子で手を振るソフィは、やっぱり世界のアイドルで。

こんなに近くにいるのに、遠い世界の人なのだと感じた。

こうして、異界祭りは始まった。

○

「ええ!?　魔術に失敗した!?」

「あはは、すんません」

私が頭を掻くと「メグちゃあん……」と市長のカーターさんは頭を抱える。

異界の開門が終わったあと、私たちは事情を説明するため市長室に来ていた。並んで立つ私たちの向かい側で、市長が席に座っている。

「それで、魔術失敗の影響は？」

「大丈夫。特に問題はない」

ソフィは静かに頷いた。

「門の構築ミスでは大きな事故が起こったこともあるとお聞きしていますが……」

「過去の異界事故は全部原因の発見や対処が遅れて起こった。数日間放置してたらわからないけど、二、三分くらいで影響はない」

「それならいいですが……」

そこで私は何やら「うん？」と引っかかるものを覚えた。

「ソフィさん、それってまさか、私だけが勝手に焦ってたってことですか？」

「そうなる。そもそも、そんなに危険な魔術なら毎年公衆の面前で執り行ったりはしない」

「そりゃそうですけどね、言ってよ！　華の乙女が大衆の面前で鼻血出して、今なんかティッシュ鼻にぶち込んで台無しだよ！」

「面白い見せものだった。みんなも喜んでた」

「見せものじゃないよ！　猿じゃないんだから！」

「まぁまぁ、メグちゃん落ち着いて。私はお猿さん嫌いじゃないから」

「市長！　それフォローになってないから！」

下らない言い合いをしたせいで疲れた。ため息を吐くと同時に体が異様にふらついて、私は思わず近くの棚に手を掛ける。

　すると市長が心配そうに私を見てきた。

「大丈夫かい？　何だか調子が悪そうだけれど」

「ええ、まぁ。開門以降なんか調子悪いんすよ。力が入らないというか」

「あれだけ魔法を乱発したらそうなる。魔力と魔法式を体内で構築する方法は、慣れないと負担が大きい」

「そうなんだ。じゃああとでレバーでも食べようかな」

「どうしてレバー？」

「血を作ったらどうにかなるかと思って」

「血液生成と魔力回復の因果関係は皆無」

「もっとひらがなで話して」

下らぬ話し合いをしていると、「でも」と市長は首を傾げた。

「七賢人のソフィさんがいるのに魔法を失敗するなんて、珍しいこともあるもんですねぇ」

「それは……」

「あぁ、私がミスったんです。すいません」

私が言うとソフィは驚いたように私を見てきた。私は市長に気付かれないよう、こっそり彼女に目《め》配《くば》せする。ここは私に任せてくれ、と。

「メグちゃん、今回は良かったけれど、本当に大事故になるかもしれないし、何よりファウスト様の名前にも傷がつく。本当に気を付けてね」

「ふぁーい」

「今回のこと、ファウスト様には私から伝えておくから」

「ふぁ、ふぁい……」

大丈夫か、私。罰として三日三晩寝ずの労働とか、とんでもない激務を押し付けられたりしないだろうか。いや、もしくは冬の雪山に裸で放り込まれるような過酷な修業を言い渡されるのでは？

「あはは……死は救いなのかもしれない。万物はすべて破壊されるために生まれたのであり、痛みや恥辱は宇宙レベルで見たら蚊に刺されたようなものなのだ。そう、生きることはすべて試練。私のアセンテッドマスターはかつて示した。魂の片割れツインレイを探すために人は生きているのだと……」

「メグちゃん、大丈夫かい？」

「気がやられてる」

おぞましい未来を想定しながら「失礼します」と私たちは部屋を出た。肩を落としながら歩く私の数歩後ろを、ソフィがついてくる。

「ズベリー」

「はい？」

「なんで嘘ついたの？」

「嘘？」

「自分がミスしたって……」

「いや、私も事前に魔法の構築術式が違っていたのは気付いていましたから。違和感抱きつつ確認してなかった私も悪いですし。何より、見習い魔女の私がミスっても怒られるだけで済むけど、ソフィさんは違うでしょ」

七賢人のソフィが地方のイベントで大事故につながりかねないミスをした。そんな話が万一にでもあがったら、それは大きなスキャンダルとなる。場合によっては七賢人の立場を追われることになるかもしれない。

「私はいいんですよ。ミスなんていつものことなんですから」

「でも……」

「この方が丸く収まるんです。見習い魔女のミスを七賢人がフォロー、事故を未然に防ぐってな感じで。それに……」

「それに？」

「ソフィさんが、この祭りを良いものにしようとしてくれてたのは知ってましたから。ソフィさんにとって、ラピスを嫌な思い出のある街にしてほしくなかったんです」

「ズベリー……」

「さっ、それよりもう始まってますよ、お祭り」

私がソフィの手を取ると、ソフィはそっとその手を握り返してくる。それはなんだか、初々しい恋人同士のように探り探りで。

「ぐふふ、美少女の手はこんなにも柔《やわ》こいんですなぁ」

「放して」

「だが断る」

そのまま彼女の手を引いて役所の入り口を開くと、ソフィがハッと目を見開くのがわかった。

たくさんの人が騒ぎ、歩き、賑わう光景。色とりどりの旗が掛けられ、屋台の店がいくつも立ち並び、昨日とは打って変わったラピスの街がそこにあった。

「この光景を、ソフィさんが作り出したんですよ。たくさんの人が賑わう、この光景を。と言っても、見慣れてるかもしれないですけど」

「……うん。でも、こうして改めて見るのは初めて。いっつも仕事が終わったら、すぐに移動するから」

街を見つめるソフィの顔は、何だか嬉しそうだ。

「ソフィさん、いろいろ見て回りましょうよ。なんか食べたいものとかあります？」

「ソフィ」

「えっ？」

「ソフィって呼んでほしい」

そう言ってソフィはそっとはにかんだ。

瞬間、私は息を呑む。

世界を魅了する魔女が見せたその笑顔に、思わず視線を奪われた。

「可愛い顔しとりますなぁ……」

「ズベリー、おっさんくさい」

「誰がおっさんや」

すると今度はソフィが私の手を引く。

思わぬ行動に一瞬驚いたけれど、何だか私は、それが心から嬉しくて。

「行こう、ソフィ！」

その弾んだ声は、青空の下に響いた。

第6話
祭典の
夜空に花は
咲く

「メグ」

「あ、はっ、ひゃい」

「魔法に失敗したね」

「んごっ」

夕方。

書斎で、私とお師匠様は向き合っていた。家に帰った瞬間呼ばれたのだ。

「門の結界構築をしくじったそうじゃないか」

「はい……すいませんでした。どうか、一つだけお願いがあります。殺すなら、遺体は使い魔二匹に食べさせてください」

使い魔二匹がギョッとするも、お師匠様は至極冷静に「落ち着きな」と言った。

「別に咎《とが》めようってわけじゃない。ソフィを守るためだろ」

まっすぐ見つめてくるお師匠様を見て、私はすべてを知られていることを悟った。千里眼を持つ永年の魔女に嘘や誤魔化しは通じない。

「とは言っても、このままじゃ魔女の名折れさね。お前が舐められっぱなしでも構わないって言うなら、それでいいが」

「このうら若き乙女の柔肌を舐めようなんざ、一億万年早いぜ旦那」

「余命十ヶ月程度なのに何言ってんだい。まぁ、そういうわけで、このままだと信頼にも沽券《こけん》にも関わるからね。お前に一つ、仕事を渡そうと思ってね」

「仕事？」

「パレードに出な」

「パレード？」

「異界祭りのパレードさね。実は今回ソフィをこの街に招待するにあたって、市長から事前に依頼を受けていてね。ぜひパレードをしてもらうよう頼んでくれって言われてるのさ。そこで、お前にはもう一度、ソフィの助手として仕事をしてもらう」

　確かに、あの世界的名手がこの街にいるのに、祭りのパレードをしてもらわない手はない。市長がわざわざお師匠様に頼むのも当然だ。

　しかし、私には懸念点もあった。

「名誉《めいよ》挽回《ばんかい》できるならやりたいですけど……いいんですか？　ミスしたばかりの魔女を起用するなんて、市長も不安でしょ」

「私が頼んだってことにする」

　いつの間にか、ドアのところにソフィが立っていた。

「ズベリーと一緒じゃないと、私はやらない」

「ソフィ……」

「そういうことさ。それに実際問題、ソフィには七賢人として他の仕事もある。私も私で忙しいし、人手はあった方がいいんだよ。何かあれば、今度は私が責任持ってフォローすると言っておこう。

あんたの湿布のおかげで私の腰もすっかり完治したからね」

「お師匠様、めっちゃ根回ししてくれますやん」

「お前の名に傷がつくと、私の名にも傷がつくんだよ」

「大人はすぐそういうこと言う」

そこで私はふと思い出したことがあった。

「あ、でも確か毎年、異界祭りには花火大会があったでしょ？　私たちが魔法パレードなんてしたら、せっかくの花火のイベントがかすんじゃうんじゃ……？」

「それがね、今年は花火が上がらないらしい」

「どうしてですか？」

「街一番の花火職人が亡くなったそうだよ。病気でね」

「え……」

亡くなったのか、花火職人さん。直接会ったことはないが、異界祭りの花火は毎年私も楽しみにしていた。だからその訃報を耳にするとショックだ。

「今年は、あんたとソフィで街を盛りあげるんだ」

「ソフィはそれでいいの？」

「こうなったのは私の責任。借りはすぐ返す。このままでは済まさない。必ず殺す」

「最後おかしくない？」

「そんなわけだ、しっかりおやり」

お師匠様は、私を見ていつものニヤッとした含みある笑みを浮かべる。その顔を見て、私は「はいっ！」と威勢よく答えた。

○

地方都市ラピスは異界祭りの開催と共に、すっかりと騒がしく、賑やかになっていた。

街を見て回ると、旅行客の他に、明らかに人間ではない存在も多数見受けられる。獣人、エルフ、ドワーフ、その他神話やおとぎ話に出てきそうな存在たち。

彼らこそが、異界の住民と呼ばれた「奇妙な隣人」だ。

異界祭りのように、大々的に世界と世界がつながる機会は、実はそう多くない。門を生み出せる土地と言うのは、それだけ稀有なことらしい。

故にこうして門が生み出されると、多くの異界の住民が毎年遊びに来てくれる。

だからこそ、異界祭りは地方都市ラピスの『名物』と成り得る。

旅行客は歩く異界の住民たちを物珍しげに眺め、時にはスマホで一緒に撮影したりもしていた。

一方で、長年住んでいるラピスの住民たちはと言うと、異界の放浪者にはすっかり慣れっこらしく、親し気に話しかけている姿が見える。

こちら側にやってこれる異界の放浪者には気がいい人が多く、少なくとも邪心を持つ存在は来れない。それは、結界が機能している何よりの証拠だ。

和気あいあいとした空気に満ちあふれるラピスの街を歩く。隣には、七賢人とバレないようメガネとニット帽で顔を隠し、魔法で髪の色を茶色く変化させたソフィもいた。

「ソフィさんや、私にパレードの心得を教えてくれめんす」

「この祭りの屋台の食べものすべてと引き換え」

「なるほど」

そんな金はとてもない。

あとで市長に経費で請求しよう。

「それにしても、すごい人だかりだぁ」

「珍しいの？」

「そりゃもう。なにせ田舎町だから。例年もそれなりに混むけど、これだけ人が集まるのはたぶんソフィがイベントに参加したからだよ。この全員に、私たちがパレードを見せるのかぁ」

「ズベリー、何だか嬉しそう」

「こんな機会めったにないからね。それに、上手くやれば大量の嬉し涙が手に入るかもしれないんだし」

そう、感動できるイベントを行えば、それだけ大量の人が涙する。こんなチャンス、滅多にないではないか。今回は更に七賢人であるソフィがいることもあり、鬼に金棒だ。

するとソフィは私の言葉を聞いて眉をひそめた。

「嬉し涙なんて集めてどうするの？」

「えっ？」

　そういえば、まだ呪いについてソフィに話していなかった。

　放っておけばあと十ヶ月で、私の寿命が呪いで終わるということを。

　これまでも何度か人に話してきた。だから、口にすることなんて容易《たやす》いはずなのに。

「えっと、それは……」

　上手く言葉が出なかった。

「ズベリー」

「はいっ！」

「あの出店美味しそう」

「えっ？　あ、串焼き……」

　ソフィが急に話を変えるのでガックリと肩の力が抜ける。その視線の先には、一軒の出店があった。どこかの国の料理をモチーフにしたものらしい。

　匂いに誘われるように、ソフィがふらふらと出店に向かう。動物みたいだ。

「食べたい」

「買えばよいのでは？」

「お金がない」

「七賢人なのに」

「全部カードで管理している」

「ブルジョワめ……」

　歩くソフィの背中を、私は見つめる。せっかく仲良くなった相手が死ぬかもしれないなんて知ったら、ソフィはどう思うだろう。

　言えないままでいるうちに、いろいろと出店を見て回ることになり、すっかり話が流れてしまった。

　パレードの下見という体裁だったが、私よりソフィの方がずっと楽しんでいる。何せ両手に抱えきれないほどの食べものを持ち、無機質な表情でハムスターのように頰を膨らませているのだから。楽しんでいないという方が無理だ。

「ソフィはこういうイベントはあんまり出ないの？」

「ふごふごご」

「食べてから話せ」

「……出ないわけじゃない。でも、ここまでゆっくり回るのは初めて」

「世界中の祭りを巡っているのに意外だね」

「私が出歩くと騒ぎになるし、一人で祭りを見たとしても退屈だから」

　そうか、今までソフィは七賢人として、こうした祭り事の主役だったんだ。

　だから外を歩けば騒ぎになるし、一人だと勝手もわからず不安も大きかったのかもしれない。

「じゃあこうして一緒に回ってる私は、ソフィの初めての友達ってことになるのかな」

「友達の概念はよくわからないけど、ズベリーは助手」

「なるほど、戦争だな」

異界祭りのラピスは、いつもとまるで違った街に見える。

少し歩けばコボルトとすれ違ったり、ドワーフが酒盛りしてたり、エルフが旅行者にナンパされてまんざらでもない表情をしてたり。遠方から来たであろう派手な若者も多いし、街にはいろんな装飾がされているし、見方によってはちょっとしたハロウィンのように感じられなくもない。違いがあるとするなら、仮装に見える人が仮装ではないということである。

「ちょっと疲れた」

人混みの中をずっと進んでいたからか、不意にソフィがため息と共にそう言った。

「どっかで休む？　買ったもの食べたいし」

「そうしたい」

「ここらへんホテルあったっけ」

「何故ホテル」

「野暮なことは聞くもんじゃありませんぜ、旦那」

「キモい」

するとソフィが「こっち」私の手を引いて路地裏に入った。まさか本当にホテルに？　心臓が跳ねあがる。

「連れ込まれるのは私だった……？」

「黙って」

狼狽《ろうばい》してると小さな広場へとたどり着いた。建物の裏にちょうど休めそうな日当たりのいいベンチがあったのだ。こんな場所、私は知らない。

「この前偶然見つけた」

「私すらも知らない場所を見つけるとはやるじゃないか……」

辺りにほとんど人の気配はなく、木製の長ベンチの端に女性が一人座っているだけだ。スペースはあるから、頼めば隣に座らせてくれるだろう。

「ここいいですか？」

「ええ、どうぞ」

女性は快く笑みを浮かべる。

カーディガンを羽織った、大人っぽい雰囲気の綺麗な人だった。束ねたブロンドの髪が太陽の光に照らされ、美しく輝いている。

私が女性に見惚れていると、いつの間にかソフィがベンチに座っていた。仕方なく私がその隣に座る。必然的に、私がソフィと女性に挟まれる形となった。

一息吐く間もなく、ソフィは買い込んでいた食物を食べ出す。

「ソフィはん、もっとゆっくり食べなはれ」

「むぐむぐ、もごもご」

華奢《きゃしゃ》な見た目と違ってかなり食い意地が張っている。制御できない動物のようなソフィに私が手をこまねいていると、クスクスと女性が笑った。

「あなたたち、仲いいのね」

「あ、すいません、騒がしくて」

「ううん。ほら、ここってうら寂しいでしょ？　だからちょうど良かった」

「お姉さんはここで何を？」

「人を待っているの。と言っても、会えるかわからないのだけれど」

「人を？」

「ええ……ちょうど一年前、ここで出会った人をね」

女性の名前は、マリーというそうだ。

彼女は昨年の異界祭りの日、ここで一人の男性に出会い、それからその人を待っているのだという。


「何だかふらつくわ。人混みに酔ったのかしら」

異界祭りの夜、人混みを抜けていたマリーさんは突如として急な体調不良に見舞われた。

座れる場所を探すも、人が多くそのような場所は見当たらない。

すると、ふらつく彼女の体を一人の男性が支えたのだ。

「大丈夫ですか？」

オレンジ色のマウンテンパーカーを着て、フードを被った男性。

夜闇でその顔を見ることはできなかったが、どっしりとした頼もしい体格をしていた。

「あぁ、ありがとうございます。少し目眩《めまい》がしてしまって」

「近くにベンチがありましたから、ちょっと座った方がいい」

男の出《い》で立《た》ちに一瞬警戒した彼女だったが、相手の真摯な対応に、すぐにその気持ちは薄れた。

悪い人ではなさそうだ、と。

その時、二人が座ったのが、私たちのいるこのベンチだった。

男性はマリーさんを座らせると、近くでミネラルウォーターを買ってきてくれ、しばらく彼女に付き添っていてくれた。

座っていると、やがてマリーさんの目眩は治まり、軽い貧血なのだと気付く。

彼女と一緒にいる間、男性は風変わりな土地の話などでマリーさんを楽しませてくれたと言う。

見たこともない世界の話、異国に存在する特有の景色、変わった風習、出会った人。

彼の不思議な話やその人柄に、すぐにマリーさんは惹《ひ》かれた。

「あなたって素敵だわ。どこの国の出身なんですか？」

「僕は――」

その時、空に大きな花火が上がった。祭典を彩る大きな炎の花。その花が昇って大きく空を彩り、思わず二人は目を奪われる。

「綺麗ね……」

「良かった、今年も見れた」

「今年も？」

「この花火が好きで、毎年来ているんです」

しばらく二人で花火を眺めていたが、やがて彼は「もう行かないと」と静かに立ち上がる。

「あなたとの話が楽しくて、すっかり長居してしまった」

「あの、また会えますか？」

「ご縁があれば、また」

そして、ろくにお礼もできないまま、男性はマリーさんの前から姿を消した。


「へぇ、ロマンティックだねぇ。じゃあマリーさんはその人と会いたくてここにいるんだ」

「ええ。ここにいれば、また彼と会えるんじゃないかなって」

「それ以来、その人とは？」

「一度も会えてないわ。旅人みたいだったから、どこかを放浪しているんだと思う。でも、もしかしたらって思って、ついつい足を運んでしまうの。それに、この街の花火を楽しみにしているって言ってたから、異界祭りのこの時期なら今度こそ会えるかもって」

「なるほどねぇ。あ、でも、確か花火職人さん、亡くなったって……」

「えっ……？」

マリーさんは一度大きく目を見開いたが、すぐに表情を正すと「そうなの……」と顔を伏せた。

「花火が上がるならもしかしたらって思っていたけれど……そうなのね。じゃあ、きっとご縁がなかったんだわ」

彼女は肩を落とすと、「もう行かないと」と立ち上がった。

「話、聞いてくれてありがとう。あなたたちがいてくれたおかげで、少しだけ元気が出たわ」

「いいの？　マリーさん、そんな簡単に諦めて。その人に惚れてたんでしょ？」

「わからないの。ただずっと、二人で過ごした時間が頭から離れなくて。でも、偶然出会っただけの人だったから、たぶん会えないだろうなとは、内心思ってた」

「恋慕的なアレだよそれは。人に惚れるなんて滅多にないんだし、諦めちゃうなんてもったいない。ねぇソフィ？」

私がソフィの方を見ると、ソフィは最後の串焼きを真顔で食しているところだった。手元に食事はほぼ残っていない。

「おまっ！　貴様ー！　わしの分まで食らいつくしとるやないけ！」

「むぐ、もぐもぐもご、むぐぐぐ」

「口開かんかい！　ディープキスでそのおぼこい口の中綺麗綺麗にしたるわい！」

ソフィの胸ぐらをつかんで振り回していると、クスクスとマリーさんが笑った。その様子に、私たちは顔を見合わせる。

「ふふ……ごめんなさい。やっぱりあなたたち、とっても愉快だわ」

「ねぇ、マリーさん。明日もここに来ない？　もし話の人が見つかったら、私が連れてきてあげるからさ。諦めるのはそれからでも遅くないよ、きっと」

するとマリーさんは「そうね」と頷いた。

どこか寂しく、弱々しい笑顔で。


「……いらんこと言っちゃったかねぇ」

マリーさんを見送ったあと、私が何となく呟くと、ソフィが首を振った。

「この街にさっきの話の人物がいるとは限らない。諦めさせた方が懸命」

「でも、毎年来てるみたいなこと言ってたじゃん」

「花火が好きなら情報くらいチェックする。今年の花火が上がらないのは、役所のホームページにも載せられてる公式情報」

「そりゃそうかもしれないけどさ……」

それでも、そこで諦めてしまうのは少し悲しいことのような気がした。

運命だどうだのとくさい台詞《セリフ》を言うつもりはないけれど。祭りで少し話しただけの人を一年経っても待とうと思えるなんて、やっぱり特別だと私は思うのだ。

再びパレードの下見を開始した私たちは、今度は街の出口の方へと足を運ぶ。どういったルートでどのような現象魔法を起こせばよいのかを考え、一番魔法が見える場所や、路《みち》の造り等《など》の情報をソフィと共有する。

この辺りでも人混みは続いており、エルフやドワーフの代わりにやたらとでかいタイタンがいたり、人だと思ってたら単眼人種だったりと、少し変わった異界の住民の姿が目立つ。

異界祭りの気配は、街の細部にまで届いているのだ。

「大きな出しものをする際は会場の情報を知ることが重要」

「へぇ」

「観客からどう見えてるのか、どうすれば見やすいのかを考えて魔法を構築する。常に見る側のことを考え、いろんなパターンに対応できるようにする。それがプロの仕事」

「ほぉ」

「……ズベリー、聞いてる?」

「ふぇ」

私の空返事にソフィは真顔で脇腹を突いてきた。突然のことに「うひぃ」と声が出る。

「さっきから何キョロキョロしてるの」

「いや、マリーさんの話の人がいるんじゃないかと思って」

「いたとしても同じ服を着てるとは限らない。マウンテンパーカーに大柄の男なんていくらでもいる」

「そりゃそうですけどね」

「無駄なことはやめるべき」

「無駄かどうかやらないとわかんないじゃん」

私が反論していると、突如としてソフィがピタリと足を止めた。

「どうしたの、急に」

「あれ……」

ソフィが指さした先。

そこに、大柄の、大きなバックパックを背負い、オレンジのマウンテンパーカーを着て、フードを頭まで被っている男が歩いていた。


あれかな？

あれかしら？

あれでしょ。

あれやで。

あれでんがな。


脳内で幾人ものメグ・ラズベリーが会議を行い、満場一致で決議がなされた。

私の中に、どこか確信めいたものがあった。だが根拠はまるでない。

しかしながら、このタイミングで、あの『いかにも』な姿で出現されては確信するしかないではないか。

これは運命なのだと。

「追うよ、ソフィ！」

私は言うや否や人混みをかき分けて男を追った。しかし、人通りが多く思ったように前に進めない。このままでは見失ってしまう。

「ならば！」

私はすぐ横にあった塀の上にスルスルと昇り、その上に立った。道行く人々が私に注目する中、私はオレンジパーカーの男を指さす。

「そこのオレンジのマウンテンパーカーの男！　待ちなさい！」

私が叫ぶと、男は一瞬ビクリと反応して私の方を見たあと、すぐに走り出した。

「あ！　待てゴラァ！　逃げんな！」

塀の上を全力ダッシュして男を追う。バランス感覚はお手のものだ。私はマジカルよりフィジカル派。そう簡単に逃がしやしない。

塀の上を駆けていると、男はすぐに人混みをかき分け、人気のない反対側の小路に入った。ここからだと道をまたがねばあそこには入れない。

「逃がすものか！」

私は指先に魔力を集めると、両足に魔法式を描き、重力無効の魔法を発動させる。ソフィがやっていた、指先で魔法陣を構築するやり方だ。魔法の構造を頭の中で描き、それをアウトプットし発動させる。異界の門を開いてから、この魔法式の構築ができるようになった。

両足が重力の縛りから解き放たれ、私が塀を蹴ってジャンプすると、まるで宇宙空間にいるかのように体がフワリと浮いた。

そのまま勢いを殺さず小路へ飛び込み、魔法を解除して着地する。

「待たんかい！」

必死に逃げるその姿を私は全速力で追った。男の背中が目の前に近づく。

倒されたゴミ箱をヒョイと飛び、歩いていた猫も軽々とかわす。肉体派を舐めるな。

しかしながら、この先は確か大通りに続いていたはずだ。そこで人混みに紛れられたら、見つけるのは難しい。このままだと逃げ切られてしまうかもしれない。

どうしたものかと考えていると、目の前に壁が見えてきた。

こんな場所に壁なんてあっただろうか？

私は首をひねったが、男は気付く様子もなく、そのまま進行方向を変え、更なる裏通りへと足を踏み入れる。

その先は行き止まりだ。

私の予測通り、逃げ道を失った男はピタリと足を止めた。私は息を切らしツバを垂らしながら、男を追い詰める。

「へ、へへ、ぐへふひひ、追い込んだぞい」

男は背中を壁へとつけた。じわじわと男ににじり寄っていると「ズベリー」と背後から声をかけられ我に返る。

「ソフィ、どこ行ってたのさ」

「道を回り込んで幻影魔法で壁を張ってた」

「なるほど」

「ズベリーが追いかけなければもっと自然に追い込めた」

「なるほど」

どうやら先程の見慣れぬ壁はソフィが張ったものらしい。いつの間に回り込んだのだろう。七賢人はやることが違う。

私たちを見た男は、でかい図体《ずうたい》にふさわしくなくあからさまに怯えていた。

「な、何なんだ君たちは」

「悪いようにはしませんぜ。ちょっと私たちと一緒に来てもらうだけ」

「い、嫌だ……」

「ええい！　観念してもらおうか！　そのツラ見せんかい！」

男に飛びかかりフードを取った瞬間、私とソフィは同時に言葉を失った。

「み、見ないでくれ！」

「あんた……」

フサフサの毛に、長く伸びた鼻先と、鋭い目。

男の正体は、狼男《おおかみおとこ》だった。

○

「隠してたんだ……。人に知られたくないから」

ようやく落ち着いたところで、路地裏に座る狼男はぽそりぽそりと語り出す。

彼が顔を隠していたのは、自分が異界の住民だと気付かれないためだそうだ。

「この時期、異界の住民なんて街中にあふれてるんだから別に隠す必要ないじゃん。コボルトもエルフもリザードマンまでいるんだし」

「この街には小さい頃から来ていたんだ。その時、本物の狼と間違えられたことがあって。それで、人を怖がらせないようにしてきた」

「だから私から逃げたの？」

「それは……君が血相変えて追いかけてくるから怖くなって」

「私が怖い……？」

私がソフィに目を向けると、彼女は静かに頷く。

「獲物を狩る目をしていた。恐ろしい殺人鬼の目」

「慈愛と慈悲に満ちあふれた微笑みを浮かべていたつもりだったけど」

「しない方がいい。二度と。怖いから」

「めっちゃ言うやん……」

「それで、君たちはどうして僕のことを追いかけてきたの？」

そうだった。狼男だったことに衝撃を受けて、すっかり本題が頭から飛んでいた。

「実は、君のことを探している女性に頼まれてさ」

「僕を……？」

「と言っても探し人が君である確証はないんだけど。一年前の異界祭りで、一人女の人を助けなかった？」

「あっ……」

私の言葉に狼男は反応する。私とソフィは顔を見合わせた。どうやら当たりを引いたらしい。

「心当たりあるんだ？」

「一年前の祭りの夜、体調が悪そうな女の人を助けたよ。一緒に話して、花火を見た」

「その人が、君を探してる」

「どうして僕を……？」

「決まってんじゃん。君にもう一度会いたいから、君のことが忘れられないからだよ」

「そうか、あの人が……」

狼男は一瞬だけ嬉しそうな表情を浮かべたが、やがて思考を振り払うように顔を振ると「できない」と静かに言った。

「彼女とは会えない。会ったらきっとがっかりさせてしまう。もう一度会いたいと思っていたのが、人ではなくこんな醜い狼男なんだから」

「そんなこと……」

ないでしょ、とは言ってあげられなかった。

実際、こうした異形の人種を怖がる人というのも一定数いる。

「だから僕は会えないんだよ」

「でも、君はそれでいいの？」

「えっ……？」

「出会った女の人のこと、君も気になってたんじゃないの？　さっき一瞬だけ、嬉しそうな顔したじゃん」

　すると狼男は、少しだけ表情を陰らせた。

「そりゃあ、大人っぽくて、優しそうで、素敵な人だと思ったよ。もう一度話せるなら、話してみたいって思ってたさ」

「それなのにこのまま会わないで諦めるの？」

「いいんだ、それで」

「ちっとも良くない！」

　私は気がつけば叫んでいた。

　狼男とソフィが、突然叫んだ私に驚きの目を向ける。

　そんなことお構いなしに、私は彼に指を突きつけた。

「勝手に自己完結するな！　どいつもこいつも、諦めるだの、ダメかもしれないだの、そういうのは全部やってから結論を出すもんでしょ！　去年君は彼女に声をかけた！　彼女は君との時間を楽しいと思った！　そして今年、また会えるチャンスが訪れてる！　なのに何で臆するのか！」

「そう言っても……」

「わかった！　じゃあ、こうしよう。私が彼女に君の正体を話す。それでも彼女がもう一度会いたいと願ってくれるなら、彼女と……マリーさんと会って」

「マリーさん？」

「彼女の名前」

「そうか、彼女はマリーっていうんだ……」

狼男は、何だか嬉しそうな、温かい表情を浮かべる。何だかんだ言って、彼の中にマリーさんへの好意があるのは間違いない。

「今年花火が上がらないのは知ってるよね」

「ああ。街の人が言ってたよ。職人さんが亡くなってしまったんだってね」

「うん。マリーさんから聞いたんだけど、君は花火が好きで毎年この街に来るんだってね」

「その通りだよ」

「今年の花火は上がらない。君にとっては、目当てのものが一つ消えてしまったってことだよね。それでも、この街に留まっているのは、花火じゃなくて、もう一度彼女に会いたいと思っているからじゃないの？」

　すると彼はぎくりと体を反応させた。どうやら図星だったらしい。

「答えは急がないから、もう少し考えてみてよ、狼男君」

「ウーフ」

「はい？」

「ウーフ・シンだよ。それが、僕の名前」

「ウーフ・シン。わかった。変な名前だね」

「ひどいな」

「ズベリーも変な名前」

「そりゃあんたがつけたあだ名でしょうが！」

閑話休題。

「とにかく、ウーフ・シン君！　まだ結論は出さないこと！　いい？」

「ああ、わかったよ」

するとウーフ君はどこか少年のような笑みを浮かべた。さっきまでは落ち着いた老犬のようだったのに。

「ところで君っていくつなの？」

「えっ僕かい？　二十五歳だけど」

「二十五歳……？」

仮に犬の年齢が二十歳だった場合、人間で言うところの百歳を超えるわけだが、狼男は果たしてどうなのだろうか。これがわからない。

またここで会うことを条件に、ウーフ君とは別れた。

「良かったの、連絡先とか聞かないで」

去りゆく彼の姿を見送っているとソフィが尋ねてきた。

「異界の住民のアドレスとか聞いても連絡できるかわからんやん」

「最新のレポートでは異界の住民とメル友になったという報告がある」

「そうなの？　すげぇ……」

ついに文明の利器は世界を超えるようになったのか。サービスや電波の規格を同期できれば実現できるのだろうか。

仕組みはよくわからないが……とは言え。

「一応待ち合わせの時間と場所は決めといたし大丈夫でしょ。来なかったら来なかった時だよ」

結局、これは当人の問題なのだ。

二人はくっつくには接点が薄すぎたし、一年という時間は長すぎた。

私がもし旅先でたまたま知り合った人に一目惚れしたとしても、一年も経ったらその気持ちは既に冷めてしまっているだろう。

だけど、二人には再会のチャンスがやってきた。

そして、はからずもお互いに好意がある。

ただ、立場や種族、生きる世界が違うだけなのだ。

そのしがらみを、片方だけじゃなく、お互いが越えねばならない。

私は、そこに介入したお節介な魔女。

それだけのお話。

○

次の日、約束の場所に足を運ぶと、再びマリーさんと会うことができた。マリーさんは私を見ると「待ってたわ」と嬉しそうに立ち上がる。

「今日はこの間の子は一緒じゃないの？」

「ああ、ちょっと野暮用で……」

実は今、通りはちょっとした騒ぎになっている。

ソフィの変装が見破られたのだ。

急に出現した世界的有名人に辺りは騒動になり、警察監督の下、臨時の握手会が開催されている。

「今日はマリーさんに二つばかり報告があって」

「彼のこと？」

「うん。驚かないで聞いてほしいんだけど……」

私は、マリーさんにすべて話した。ウーフ君が狼男であり、異界の住民であったということ。そして、彼がマリーさんとの再会を躊躇していること。

するとマリーさんは「よかった」と一言、静かに呟いた。

「彼も私のこと、覚えていてくれたのね」

「驚かないの？　狼男だったっていうこと」

「ええ。実を言うとね、薄々そうじゃないかなって思っていたの。異界祭り中だし、私は彼の顔もまともに見れていなかった。だから、異界の人なんじゃないかって」

「そっか……」

この人は、見た目やロマンティックな状況じゃなくて、彼の人間性に惹かれたのだ。

その恋が、果たして二人にとっていい結果をもたらすのかはわからないけど、それでも何だか私は嬉しかった。

「彼は人間じゃない。それでも会いたい？」

「会いたいわ」

マリーさんは二つ返事でそう言った。

「実を言うとね、狼男には思い出があるの」

「思い出？」

「昔、同じように異界祭りで知り合った狼男の子がいてね。道に迷っていたから、一緒に街を歩いてあげたの。そういえばあの時も、二人で一緒に花火を見たっけ……」

彼女は懐かしむように優しい表情を浮かべる。

「その子とはどうなったの？」

「本物の狼に私が襲われているって勘違いした人がいて、それで大騒ぎになってしまって。誤解は解けたのだけれど、騒ぎのうちに離されて、その子とはそれきり。だから、別の人とは言え、また出会えたのが狼男さんだなんて縁だなって」

「確かにそうだね」

そこで、私は昨日のウーフ君の話を思い出した。

彼は昔、本物の狼に間違えられた経験があると言っていた。

マリーさんの言っていた狼男の子って、ひょっとして……。

私が言うべきかどうか迷っていると、マリーさんは静かに空を見上げた。

「明日で異界祭りも終わりね。今年の異界祭りは素敵な出会いがあったのに、花火が上がらないのだけが残念」

「マリーさんは、やっぱり花火を見たい？」

「そうね……やっぱり彼と会った時の大切な思い出だから。もしできるならもう一度、花火の上がる夜を彼と過ごしたかった」

「じゃあ、私に任せてよ」

「任せる？」

「明日の夜、花火は上がる。必ずね」


異界祭りは明日で終わる。

私たちのパレードも、いよいよ明日が本番だ。

学校で学園祭とかをするなら、こんな感じなのだろうか。

少しさみしいような、夢から覚めるような、そんな気分。

マリーさんと会ったあと、帰宅して庭で夜の鍛錬をしていると「熱心だね」とソフィが姿を現した。

「ソフィ、帰ってたんだ」

「十時間以上も握手会をする趣味はない。指紋が消える」

「あはは、大変だったねぇ。ゆかいゆかい」

「ズベリー、よくも置いて帰った。お前を抹殺する」

「許して、お願い、許して」

下らぬ問答をするも、特に怒っているふうでもないソフィはそっと近くの切り株に腰掛けた。

「何やってるの」

「指先で構築する魔法陣の練習。もう少しでコツがつかめそうなんだよね。パレードでやるには、まだちょっと不安があるから、練習しとこうと思って」

「いざとなったら私がフォローする」

「うん。でも、自分でもできるようになっときたいから」

辺りは静かで、空気は澄み、夜はここに満ちあふれている。

昼間も暖かかったし、明日はきっと晴れるだろう。

「ズベリー、一つ聞きたい」

不意に、ソフィが口を開いた。

「何でそんなに一生懸命なの？」

「何が？」

「いつも他人のことで忙しそうにしてる」

「そうかな」

「現代人はそんなに人に干渉しない。ちょっと異常。どうかしてる。変態」

「言いすぎやろ」

「ズベリーが人に関わろうとするのは、ひょっとして嬉し涙が理由？」

「えっ？」

急に嬉し涙の話を振られてギクリとした。ソフィは賢いから、察していたのだろう。

「えっと、あの……」

どう言葉にすべきか迷った。でも、適当な誤魔化しとかは、あまりしたくない。

「嬉し涙は、確かに欲しいよ。でも、それだけじゃない」

ソフィは私の目をまっすぐ見つめて、黙って話を聞いてくれている。

「私はさ、私に関わってくれた人たちに、なるべく笑っててほしいんだ。皆が私を信じて、自分の悩みや、過去や、想いを話してくれる。それが嬉しい。だから、私を信じてくれている人たちに何か返したいって、そう思ってる。私が持っているものが、少しでもその人のためになるなら……私が生まれてきた意味もあるのかなって。まぁ、ちょっと大げさだけど」

「茶化さなくてもいい。ねぇ、ズベリーはどうして嬉し涙を求めるの。ずっと気になっていた」

「いや、それは……明日じゃ駄目？」

「気になる。今教えてほしい。さもないと眠れない。明日のパレードは失敗する。私の名誉は地に落ちる。七賢人じゃなくなる。責任をとってもらう」

「豆腐メンタルかよ……」

脅しがすぎる。ソフィは本気だ。はぐらかせそうにない。

いや、隠すつもりは最初からなかった。いつかは言おうと思っていたのだ。でもそれは今じゃないと思っていた。少なくとも全部終わったあと……明日のパレードを終えてからにしようと思っていたのだ。

でも、ソフィの視線は何だか真剣で。

何となく、今言うべきだとわかった。

「私はさ、あと一年で死ぬんだよ。正確には、あと十ヶ月くらいで」

私が意を決して言うと、ソフィが目を見開き口をつぐんだ。その表情は、寡黙な彼女にしてはあまりに雄弁だった。

「誕生日に、お師匠様から十八歳で死ぬ余命一年の呪いにかかってるって宣告されたんだ。生きるためには、嬉し涙が必要だって」

「命の種を使って余命を伸ばす……？」

「さすが七賢人」

私が褒めても、ソフィは表情を変えない。

その視線は揺れている。憐憫《れんびん》とも、悲しみともとれる複雑な感情が混ざっているように感じられた。

「前に、ズベリーは魔法が好きって言った」

「うん」

「私は、私からいろんなものを奪った魔法を許せない。それは、ズベリーも一緒。魔法がなければ、ズベリーはきっと呪いを受けていない」

「うん」

「それでも、ズベリーは魔法が好きなの？」

「うん。好きだよ。魔法に感謝してる」

「感謝？」

私は微笑みを浮かべて頷いた。

「以前ソフィに『何で魔法を学ぶのか』って言われたことあったじゃん。それで私なりに考えてみたんだよ。魔法を学ぶ目的や理由を」

「うん」

「私にとって魔法はさ、絆《きずな》なんだ」

「絆？」

「魔法があったから出会えた人がたくさんいる。救えた人がたくさんいた。確かに、嬉し涙集めが行動のきっかけだったけど、それだけじゃない。私は、魔法を通じて誰かの力になれるのが嬉しい」

「私が魔法を消せば、ズベリーは死なずに済むかもしれない。それでも、ズベリーは魔法を消してほしくないの？」

「うん。そりゃ、死にたくはないけど。魔法がない世界なんてつまんないじゃん。ソフィも一緒でしょ？　私たちは人生のほとんどすべてを、魔法に捧げてきた。私はそれを失いたくないし、ソフィにも失ってほしくない」

「ズベリー……」

「魔法でしか助けられない人や、魔法でしかつながれない人がいるんだよ、ソフィ。私がこうしてソフィと出会ったのも、ウーフ君とマリーさんを助けるのも、魔法がなければできなかった」

私は魔法をなんとなく流れで学んでいた。

でも、余命一年を告げられてから、私の中で魔法のあり方は、少し変わったと思う。

それはきっと、私にしかできない役割を。魔法が与えてくれるから。

たとえちっぽけで無力な私でも、魔法があれば人の役に立てる。多くの人が私を知ってくれる。

魔法を通じて人と交流する中で、私はたくさんの生きる理由をもらっていた。

「私が頑張るのは、私の大好きな人たちのためだよ。そして、魔法はそのために私に力を貸してくれる強力な味方なんだ」

「違う！」

ソフィはまるで子供のように、何度も何度も首を振った。顔をクシャクシャに歪めて、見たこともない顔をして。

そんな彼女の表情を見るのは、初めてだった。

それはまるで、今まで堪えてきた感情が爆発したかのようで。

ソフィの中で、大切なものを失った過去が思い起こされているのかもしれない。

「魔法は味方なんかじゃない。また私から奪おうとしてる。最初は家族、次は居場所、今度は友達を……」

力が抜けて地面に倒れ込みそうなソフィを、私はそっと抱きとめた。

その小さく華奢な体で、彼女がいろんなものを受け止めてきたことに気が付く。

「私のこと友達って呼んでくれるんだ」

「友達でも部下でも召し使いでも奴隷でも犬でもいい。いなくならないで、ズベリー」

「格下がりすぎやろ」

悲しんでるのに容赦のないのは相変わらずだ。

だけど、今は何だかそのことが嬉しくて、愛しかった。

私はゆっくりとソフィの頭に手を回すと、小さく「大丈夫、大丈夫」と繰り返し声をかける。

「私は死なない。またソフィと来年の異界祭りを回りたいから」

「私はそんなに暇じゃない」

「そこ否定すんの？」

無茶苦茶だ。

無茶苦茶だけど、嫌いじゃない。

「約束するよ。必ず生き抜くって」

「本当……？」

「うん。だって前に言ったでしょ。私の目標は、とりあえず生き抜くことだって」

「そんなのもう忘れた」

「もう少し人に興味持って？」

悲しみながらも減らず口を叩く姿は、どこにでもいるただの女の子で、とても世界的な有名人には見えない。

人は、誰だって弱さを抱えている。

それは、世界で活躍するソフィだって同じなんだ。

「ソフィに、もう魔法で何かを失うような思いはさせないよ」

「約束する？」

「うん、約束。絶対に死ぬわけにはいかないね、こりゃ」

私にまた一つ、生きる理由ができた。

大切な友達との約束を守ることだ。

見上げた空には、燦然と輝く満天の星が浮かんでいた。

○

パレード当日。

日が暮れ、空に美しい満月が昇った時。

ソフィは門の前に立っていた。

パレードの軍服を彷彿《ほうふつ》とさせるその服装は、ソフィがパフォーマンスをする時の正装だ。何度も動画で見た。いつもとはまるで違う、祝福の魔女ソフィとしての姿。ソフィの表情も、心なしか引きしまって見えた。

このパレードが終わった時、門は閉じられる。

それは同時に、長かった夢の時間が終わろうとしていることなのかもしれない。

ソフィの周りには大勢の人が集まり、円を描くように一定の距離を置いて彼女を期待の目で見ている。今は私もその中の一人だ。

異界の住民も、人も、ここでは皆が共にある。

緊張が張り詰める中、ソフィは空に手を上げ、まるで妖精のようにクルクルと回り始めた。その姿は、どこか踊っているように見える。

すると彼女の元に光の玉が集まるのがわかった。あれは光の精霊だ。しかも、私以外の人にも見えるらしく、幻想的な光景に人々が感嘆の声を漏らしていた。精霊は普通の人には見えない。それを魔法で呼びかけることで、可視化できるようにしているらしい。

大きな現象魔法を行う時、精霊の力を借りることで魔法の規模や質を上昇させることができる。でも難易度が高く、消費魔力が大きいので普通はやらない。私も、実践で精霊を呼んでいるのは初めて見た。

ソフィが集めている光の精霊は、これから行う一大パレードの強力なサポーターだ。

光の精霊が集まり、周囲に緊張が限界まで張り詰めた時。

不意に集まった精霊たちが、空へと駆けた。

閃光が走り、美しい幻想が広がる。

空に伸びた光は四方八方へと分散し、細やかな光の粒へと姿を変えた。やがてそれは、ヒラヒラとした動きを放って、光から蝶《ちょう》へと変化する。

魔力で生まれた色とりどりの蝶が天空を舞い、空を果てしなく美しく彩っていた。

さらに、現象は止まらない。

突如として私たちのいる街の広場が美しい月明かりに満たされたのだ。見ると、地面がほのかに輝きを放っている。どうやら月明かりを魔法で反射させているらしい。

それは、大きな水盤に映った満月の上に立っているかのような錯覚を私たちにさせた。

おぉ、という大衆の歓声があがると同時に、ソフィはパチリと指を鳴らす。刹那、薄暗いラピスの街全域に閃光が広がり、魔法光で市内を輝かせた。事前に市長のカーターさんにお願いして点灯する街灯を減らしておいたこともあり、広がった魔法光は美しくきらめく。

お次は、ソフィの足元から炎が広がり、放射状に広がり出した。触れても熱くない幻影の炎が、地を這《は》うように私たちの足元を駆け抜け、波のように広がっては消えていく。

感嘆が追いつかないほど目まぐるしく魔法が重なり、空と地上を奇跡で埋めた。

その技量は底が見えず、自分が夢に入ったかのようにも思える。

この場にいるすべての人が、ソフィの魔法の虜になっていた。

ラピスの街は、今、たった一人の魔女によって美しく染められている。

桁違いの規模の魔法を連続して発動し、連鎖させ、共鳴を招く。その手腕は凄《すさ》まじく、いつ魔法を発動しているのかもわからない。

まさしく、七賢人の名にふさわしい魔法の技量だった。

私もいつの間にか、その鮮やかな手さばきにすっかり見惚れてしまっていた。

しかしハッと意識を取り戻すと、慌てて首を振り、顔を叩く。ここからが私の役割なのだ。

私は人混みから抜け出すと、ソフィの傍まで走り、口笛を吹いた。

するとどこからともなく駆けてきたカーバンクルが私の足元にやってくる。その額にそっと親指を当て、私は静かに十二節の魔法を唱えた。

次の瞬間、カーバンクルの体が巨大化し、見たこともないほど大きな獣へと姿を変える。

その背中に乗ると、私は大声で叫んだ。

「お前たち！　出ておいで！」

姿を見せたのは何百という小動物たち。皆、お師匠様の使い魔だ。

小動物たちは、私の前に来ると、綺麗に整列する。

魔法パレードの開幕だ。

「進んで、カーバンクル。街中を巡るようにね」

「キュイ」

カーバンクルは私を背中に乗せてゆっくりと大通りを歩き出す。すると、その背中についてくるように小動物たちも歩いてくる。

可愛らしい動物の姿に、観客から黄色い声があがった。よしよし、受けてるな。

街中を歩きながら、仕込んでおいた小さな現象魔法たちを発動していく。美しい色彩の雲が生まれ、レンガがまばらに輝きを放ち、ラピスの街をどんどん幻想的にしていく。

カーバンクルの美しい毛並みが月明かりを吸収してほのかな翠の光を放っており、それもまた幻想的な光景を生み出していた。

ソフィが広場で更なる魔法を生み出しているらしく、空を見上げると、瞬きを惜しむほどの現象魔法が展開されているのがわかる。

私が各地を回り、小さな現象魔法を展開してパレードを進め、街をぐるりと一周して広場に戻ったらフィナーレを行う予定なのだ。

今やこのラピスの街は、どこにいても魔法の世界に彩られている。

パレードが順調に進む中、私はカーバンクルの背中から見覚えのある人影を見つけた。その人影は、私と初めて会った場所に足を運んでいる。

「あとは任せた」

「キュ、キュイ？」

私が言うと、あからさまにカーバンクルは狼狽した。しかし知ったことではない。あとは動物たちのパレードを見せておけば、とりあえずこの場はどうにかなるのだ。

私にはもう一つ、やるべきことがあった。

カーバンクルの背中から降りると、私は人影を追いかけ、声をかけた。

「ウーフ君、来てくれたんだ」

すると目の前の狼男は「やぁ、魔女さん」とフードを取った。満月のためか、いつもより強い力が滾《たぎ》っているようにも感じる。

「一応約束したからね。でも、こんな大事な時に待ち合わせをして大丈夫なのかい。今、魔法のパレードの最中だろ？」

「大丈夫だよ。長くはかからないから。君には、言伝《ことづて》を一つ預かってるんだ」

「言伝？」

「『花火の上がる夜、あの小さな広場で、あなたを待ってます』って」

私が言うと、ウーフ君は驚いたように目を見開いた。

「彼女はあなたに会いたがってる。だから、行ってあげてほしい」

「でも僕は……」

「狼男でも構わないって。マリーさんは、種族を気にしたりなんかしてない。去年と同じように、二人で花火を見たがっているんだ」

「でも今年、花火は上がらないんじゃ？」

そんな彼に、私は静かに首を振った。

「今年も、花火は必ず上がる」

「本当に……？」

「約束するよ」

ウーフ君は「そうか」と、空をそっと見上げた。

「毎年、空に上がるあの花火が僕に勇気や希望をくれていた。あの花火を見ると、何だか生きる活力が湧いてくる気がして……。辛いこともあったけれど、やっぱり花火を見たくて、僕はいつもこの街に来ていた」

「うん」

「子供の頃、狼に間違えられた時、この街で一人の女の子に会ったんだ。その女の子と見た花火がずっと忘れられなくて。マリーさんは、どこかあの時の女の子とよく似ていた。だから、体調が悪そうなことにもすぐ気が付いたんだよ。僕にとってこの街の花火は特別だ。そんな花火が上がる夜に、僕はマリーさんと出会えた。でも、勇気が出せなくて、自分の正体を知られるのが怖くて、逃げ出してしまった……」

「今度は勇気出そう？」

「わからない。花火が上がったら、勇気を出せるかな。自分の気持ちに素直になれる勇気を」

「出せるよ。大丈夫」

私はそう言うと、ふと携帯の時計に目を落とす。もう時間だ、行かないと。

「ウーフ君、どうか二人にとって、後悔のない選択をしてほしい。そしてできれば、パレードの最後を、二人で一緒に見てほしい。だって今年は今までにない、とっておきの花火が上がるんだから」

「魔女さん……」

「もう私は行かないと。約束だからね。必ず、後悔しない選択をして」

「わかったよ」

頷いたウーフくんに、私はニッと笑みを浮かべた。

行こう。

いよいよ、パレードもフィナーレだ。

○

人混みを抜けて広場へと戻らねば。

しかし広場へ近づけば近づくほど、人口密度は増し、進むのは不可能になる。カーバンクルたちのパレードが通り過ぎたことで、皆が祭りのフィナーレを見ようとしているのだ。

どうしたものかと考えていると、ふと街一番の高さを誇る時計塔が目に入った。

「広場はあっちか……」

時計塔は広場にある。つまり、時計塔の方へ向かえば必然的に広場に出られる。しかしながら問題はどうやってあそこまで進むのか、だ。このままではフィナーレの時間に間に合わなくなる。ソフィの魔法も最終段階に入ろうとしていた。

その時不意に、ソフィの魔法に紛れて、空に白い何かがいることに気がついた。

目を細めて見ると、それはシロフクロウだった。目立たぬよう魔法に紛れ込んで飛んでいるのだ。さすが賢鳥。

「おーい！　シロフクロウ！　こっち！」

私は思い切り手を振ったが、シロフクロウが気付く様子はない。

「ならば！」

私は素早く近くの塀に昇ると、天に向かって思い切り指笛を鳴らした。瞬間、シロフクロウが私を見つけ、方向を変え向かってくる。

その頃には、私は既に十二節の魔法を唱え終わっていた。

タイミングを見計らって思い切り塀の上からジャンプする。歩く人たちが悲鳴をあげ、落ちてくる私に思わず身構えたその時。

私の体は巨大なシロフクロウに乗って、遥か高みへと昇りきっていた。

観衆の悲鳴が一転、歓声へと変わり、大きな拍手が起こる。

「どうよ？　私のパフォーマンス。結構やるでしょ？」

シロフクロウに声をかけるもそのリアクションは薄い。この程度では認められんと言いた気だった。生意気な奴め。

「とにかく行くよ！　まずはソフィを回収！」

私が指さすと、シロフクロウはソフィの元へと一気に滑空する。

広場で私を待っていたソフィは、突然現れた巨大な鳥にまるで虚を衝《つ》かれたかのように目を丸くした。そのまま流れるように通り過ぎ際にソフィの体を抱き抱えて宙へと運ぶ。抱えた瞬間「グフッ」と呻《うめ》き声《ごえ》がしたが気にしない。

一連の可憐な動作に観客からおぉ、と声があがった。こうしたリアクションはとても気持ちがいい。

「どう、ソフィ。私もやればできるでしょ」

見るとソフィがグッタリとしていた。まるで死にかけの魚だ。

「ズベリー……あとでお前をコロス……」

どうやら抱えた時の衝撃が腹に入ったらしい。

シロフクロウは私たちを時計塔へと運んでくれた。大きな鐘があるこの時計塔からは、ラピスの街が一望できる。

「一応手すりついてるけど、スカスカだから落ちないように気をつけてね」

「わかった」

遥か眼下では、街中の人が集まり私たちを見上げている。さっきまではソフィを中心に生まれていた空間も、今ではギチギチに人が満ちていた。皆が私たちのフィナーレを見に来ているのだ。

「綺麗な場所」

ソフィは月を見上げながら静かに呟く。空に満ちる満月の光がソフィを照らしていた。

「ここはさ、普段立ち入り禁止なんだよ。時計塔の管理者しか入れないの。でもこうして入り込めちゃうのは、魔女の特権だね」

「たくさん人がいる」

「私たちを見に来てくれてるんだよ。たぶん、いつもソフィがやっているパレードも、これくらい……ううん、もっとたくさんの人が見に来てくれてるはず」

ソフィは、どこか遠い視線を観客に向けている。

「パレードをする時、いつもみんなが喜んでくれてるのを思い出す。その姿を見た時、不思議と気分が高揚した。魔法なんて大嫌いなはずだったのに、良かったたって思えた」

「ソフィはさ、本当に魔法嫌いなのかな」

「どうして」

「嫌いだったらさ、そんなに極められないよ、魔法」

私はそう言うと、ソフィを残して再びシロフクロウの背中に乗り、ニッと笑った。

「私はソフィの魔法好きだよ。だから自信持ちなよ」

「偉そう」

ソフィは呆れたように肩をすくめる。そのやり取りが、何だか楽しい。

「それじゃあ、あとは頼んだよ」

私が合図すると、私を背中に乗せたシロフクロウが空へと羽ばたく。

今夜のパレードは、体力勝負だ。

私は魔法で白い玉を構築し、それを空に解き放つ。魔力の色彩を込めた魔力玉だ。

するとその玉に向けて、ソフィが魔法で構築した光の矢を放った。矢は狙いを違《たが》わず正確に魔力玉を撃ち抜く。

その瞬間だった。

祭典の夜空に花が咲いたのは。

美しくきらめく閃光が空を彩る。魔法により、鮮やかな色彩を孕《はら》んだそれは、連鎖的に他の魔力玉にも引火し更なる閃光の花を拡大させた。

我ながら惚れ惚れするできだが、見惚れている場合じゃない。

私は休む間もなく次の魔力玉群を構築すると合図を送る。間髪いれずにソフィがそこに矢を放ち、閃光を走らせた。

途切れさせないように、空に花が咲き続けるように、私はシロフクロウと共に空を巡り、魔法を構築し続ける。

百発、二百発……数えきれないほどの数を。

体の感覚がハイになるのがわかる。練習でやっていた数を遥かに超えているのに、全然疲れない。いつも以上の力が自分の中から発揮されているのがわかった。

しかし、終わりの時は突如として訪れる。

何発の花火を上げたのだろうか。不意に、私の意識が揺らめいた。視界が揺れ、急にものが二重に見える。魔力を使いすぎたのだ。

予想外の速度で意識がぼやける。抵抗してる暇も、我慢する余裕もない。ついた膝がシロフクロウの羽毛の中に沈む。

七賢人のソフィがあれだけ長時間の魔法を撃ってもケロリとしているのに、私はもうダメなのか。

マリーさんとウーフ君は、ちゃんと会えたんだろうか……。

意識が薄れ、倒れそうになったその時。

不意に誰かが私の体を支えた。


支えてくれたのは、お師匠様だった。


「メグ、お前にしちゃ良くやったよ」

「お師匠様……？　どうして？」

「弟子のことくらい把握してるのが師ってものさね」

何もかもお見通しだったというわけか。

お師匠様には、やっぱり敵わない。

「お師匠様も花火を……？」

「するわけないだろう？　今日の主役はお前たちだよ」

するとお師匠様は、合図するように不意に手を上げた。ソフィはその様子に応えるように静かに頷く。

かすむ視界の中、私はソフィが全身に不思議な魔力反応を発していることに気がついた。

「あとは任せて」

ソフィのそんな声が聞こえた気がした。

直後。

彼女の体から魔法が発動され、空を埋め尽くすような、一面の花火が咲いた。連鎖する花火は、先程とは圧倒的に異なる量と迫力で咲いていく。

「すごい……」

「メグ、よく見ておきな。これがソフィの本領だからね。お前が上げた花火は全部で五千。残り二万五千発は、ソフィが上げるんだ」

「はは……さすが七賢人……」

絶え間なく咲き誇る夜の花は、どこか私に例年の花火を思い起こさせた。

「お師匠様……不思議です。私……練習よりもずっと……たくさん花火を上げられました。普段よりずっとずっと……強い力が出せた気がする……」

お師匠様は、何故か嬉しそうに笑ったあと
「想いが宿る魔法は、それだけ強まるものさ」

と言った。

そして、何かに気がついたように眼下を見下ろすと「見な」と私の上体を起こす。どうにか体を支えて視線を向け、すぐにその言葉の意味に気が付く。

ウーフ君とマリーさんが、一緒に花火を——私たちを、見上げていた。

ウーフ君はフードを被っておらず、私は彼が自分の口から正体を告げ、自分の殻を破ることができたのだと知った。

そして、マリーさんはそれを受け入れた。

「よかった、会えたんだ……。ねぇ、お師匠様……やっぱり、魔法は、人を幸せにするためにあるんですよね」

「当たり前だろう。そのために、私たちはいるんだから」

私はそう呟くと、不意に気付いた。

それまでずっと鉄仮面のようだったソフィが、嬉しそうな笑顔をこちらに向けていることに。

その笑顔を見て、何だか私まで笑顔になる。

こうして、異界祭りは終焉《しゅうえん》を迎えた。

○

「ほんっとうにありがとうございました！」

祭りが終わった次の日、我が家に市長のカーターさんが訪ねてきた。

扉を開けて、開口一番にカーターさんは九十度の深々としたお辞儀をしてくる。

「ソフィさんが来てくださったおかげで今年は集客も大幅アップ！　各メディアにも取りあげていただけて、来年も異界祭りが盛りあがってくれそうです！」

「そう。良かった」

「そうだね。私も今年はどうなるかと冷や冷やしたもんだが、ソフィが来てくれて助かったよ」

「ええ、本当に……」

カーターさんはそう言うと、私の方に視線を向ける。

「あの、それで、メグちゃんは一体どうしたんですか？　あれ」

私はリビングにあるソファに横たわっていた。体がスライムのようにグニャグニャになり、全く力が入らない。気力も限界まで削《そ》がれていた。

そんな私の様子を、ソフィとお師匠様は紅茶を飲みながら冷ややかな目で見つめてくる。

「なぁに、自分の限界も計らず魔法を使いすぎた哀れな魔女の末路だよ。開門の時と同じことを繰り返してるのさ。我が弟子ながら、情けないねぇ」

「ズベリーは愚か。だから同じミスを何度もする」

「うわーん！　全然体に力が入らないんじゃー！」

「あははは……何だか大変そうですなぁ」

開門の時は鼻血が出てふらついたりしたが、今回はまた症状が違う。どうやら使う魔法が違うだけで、出る症状も違うようだった。厄介なものだ。

私がグニャグニャにヘタっているとソフィがやってきて私の額をコツンと小突く。

「やめなされ……」

「面白い」ホッペをグニグニされる。

「やめなはれ！」

「無抵抗の人間をいたぶるほど楽しいものはない」

「アカンて！　お嬢はんアカンて！　うわーん！　お師匠様、助けてよ！」

「自分の修業不足を呪いな」

お師匠様はそう言うと、そっと市長に視線を向ける。

「それで、カーター。今日はどうしたんだい？」

「えっ？　いや、私は先日のお礼にと……」

「それだけじゃないだろう。永年の魔女を舐めんじゃないよ」

「いや……はは、敵いませんなぁ、ファウスト様には。実は、ファウスト様にお客様をお連れしているんです」

客？　突然始まった問答に、私とソフィは顔を見合わせる。

すると、カーターさんは玄関の方を向いて「どうぞお入りください」と声をかけた。

しばしの沈黙のあと、玄関の扉が開いて二人の人が姿を見せる。

それは、マリーさんとウーフ君だった。

「ウーフ君……どうしてここに……」

思わずそう声を出す。当たり前だ。異界の門が閉じた今、彼がここにいていいはずがない。異界の住民は、既に皆、門の向こう側へと戻っていったのだから。

「やぁ……魔女さん」

「ごめんなさい、突然押しかけてしまって」

何が起こっているのかわからないでいると、市長が胸元から一枚の紙を取り出した。普通の紙ではない。動物の皮を使った……いわゆる羊皮紙だ。

「実はこちらのお二人が、役所の特務課に申請をなさいまして……」

「『契約』か。珍しいね、今年は」

『契約』

お師匠様は確かにそう言った。その瞬間、私とソフィは事情を察する。

異界祭りが終わると、通常すべての異界の住民はあちら側へと帰っていく。そうしないと、数日間で体を保つことができなくなり、消えてしまうのだ。

正確には、存在がなくなると言った方が正しい。

異界の住民は本来この世界には存在しないはずの異端《イレギュラー》だ。だからこそ、世界を結ぶ門が消えてしまうと、その存在は世界に……理に認められない。

理が認めない存在は消える運命にある。徐々に存在感が消え、認識をされなくなり、やがて世界に干渉できなくなる。生きながらにして、幽霊みたいな状態になってしまうのだ。物質にも触れられないので大抵はそのまま餓死し、死ねないなら永遠に世界を彷徨《さまよ》うことになる。

異界の住民は異世界に干渉する術を持たない。だからこそ、年に一度の異界祭りの時にこの世界に来るし、祭りが終わると自分の世界へと帰っていく。

しかし、時にこちらの世界に留まりたがる者がいる。

そうした者たちに結ばせるのが『契約』だ。

悪さをしないよう、行動範囲を魔法で制限し、その体に枷《かせ》を課す。そうすることで、理に存在を認めさせ、こちらの世界に留まる力を与えるのだ。

「実はこちらのお二人、今年の異界祭りを通じて恋仲になったそうで。お二人で暮らしたいと申請をくださったんです。それで、ご挨拶もかねてお伺いをさせていただきました」

そうか。

二人は、この世界で共に暮らすことを望んだんだ。

そんな私の思考を読んで、お師匠様は私に視線を向ける。

「メグ、この二人のこと、お前が一枚嚙んでるんだろう」

「えっと、はい……」

すると市長は「それなら話が早い」と声を出した。

「ラズベリーさんが関わっていらっしゃるなら、私からわざわざ事情を話す必要もなさそうですね」

「まぁ、事情がどうあれ、どの道私らのやることに変わりはないさ。二人の合意があれば契約を結ぶのは難しくない」

お師匠様はそう言うと、静かにウーフ君とマリーさんの前に立つ。

二人は、緊張した面持ちでお師匠様の顔を見つめていた。

「でも、適当にくっついちまった男女が、すぐに契約を破棄したいと泣きついてくる……なんて事例もあるからね。ホイホイと契約を結ぶわけにはいかないのさ。何があろうと、最低一年はこっちの世界にいてもらう。ある程度でも、覚悟はいるんだよ。その覚悟が、お前たち二人にはあるのかい？」

お師匠様は、まるで二人の本心を探るようにそう言った。そのまっすぐな瞳は、どのような誤魔化しも、嘘も見抜いてしまう。いい加減なことを言えば、お師匠様はすぐに気付くだろう。

「ファウスト」

緊張が満ちた室内で、声を出したのはソフィだった。

「その二人なら大丈夫。私が保証する」

「お前がそんなこと言うなんて珍しいね」

お師匠様は拍子抜けしたように表情を緩めた。

「ま、ソフィが言うなら大丈夫だろう」

「ファウスト様、それでは、こちらのお二人の契約は……」

市長の言葉に、お師匠様は静かに頷く。

「ああ、契約を結ぼうじゃないか」

その言葉に、マリーさんとウーフ君は、心から嬉しそうな表情を浮かべた。お互いの顔を見つめ合って、喜びをわかち合っている。そんな二人の様子を見て、お師匠様はどこからともなく老眼鏡を出すと、羊皮紙に視線を落とした。

「さて、それじゃあ見届け人はどうしようかね」

「お、お師匠様……私がやります……」

私がなんとかそう声を出すと「馬鹿言うんじゃないよ」と一蹴された。

「そんなクニャクニャの体でどうするっていうんだい。契約にはそれなりの魔力が必要になる。今のお前じゃあ、契約をまともに結ぶなんてできないだろう」

「そんにゃあ……」

「大丈夫。私がやる」

ソフィはお師匠様から、そっと羊皮紙を受け取る。

「私にやらしてほしい」

「ふぅん。構わないが、いいのかい？」

「いい」

「それなら、任せようじゃないか」

私が呆然としているのを尻目に、ソフィはサラサラと契約術式を羊皮紙に描くと、近くのナイフで指を切り、そこに血の契約印を押した。

「ねぇ、一つだけ約束して」

ソフィは、真剣な顔でウーフ君とマリーさんに向き直る。

「必ず幸せになって」

「……はい、必ず」

ソフィはその返答を聞いて、満足気に微笑むと、そっと羊皮紙に手をかざし、呪文を唱える。

「我が名の元に　ここへ契約を結ぶ」

その呪文を唱えた時、ウーフ君とマリーさんの左手の薬指に、二人のサイズに合った指輪が生み出された。

「これは……？」

首を傾げるマリーさんに、ソフィが頷く。

「契約の証。これは、二人が共にあることを理に誓い、そして理が二人を認めた証明でもある」

「証明……」

「その指輪を大切にしてほしい。その指輪をはめ続ける限り、二人は一緒にいられるから」

二人は、そっと、お互いの指輪を見つめ合う。

もう二度と会えないと思っていた二人は、共に歩むことを世界から認められた。

それは、マリーさんとウーフ君にとって、ずっとずっと追い求めていた夢を叶えるようなものなのかもしれない。

その証拠に、二人の瞳には、大きな涙が浮かんでいたんだから。

「ようやく……一緒にいられるんですね」

「手放したりなんかしません。絶対に」

二人はそう言って、静かに涙を流した。

流れた涙は、ビンへと落ちた。

○

「それじゃあ」

マリーさんたちが帰ってほどなくして、ソフィも次の仕事があるため中央都市に発《た》つことになった。また新たなパレードの仕事があるらしい。

私の体力もようやく回復して、お師匠様と共にソフィを見送る。

「世話になったね。助かったよ」

「またいつでも遊びに来てよ。美味い茶菓子用意しとくからさ」

「楽しみにしておく」

私はそこで、一つ思い出したことがあり「ソフィ」と声をかけた。

「最後に一つ聞きたいことがあるんだけど」

「何」

「どうして見届け人になろうと思ったの？」

するとソフィはキョトンとした様子で、私の顔を見つめてくる。

「どうして？」

「あんまりそういうお節介をするタイプじゃないじゃん」

「それは……ズベリーのせい」

「私の？」

「魔法に感謝してるズベリーと同じことをすれば、私も魔法が好きになるかなと思った。それで、魔法で人を助けてみた」

そんなソフィは、最初に出会った時とは印象がまるで違う。

彼女は、変わろうとしている。自分の過去と向き合って、少しずつ、歩み寄ろうとしてる。

「それで、人助けした感想はどうよ？　ちょっとは魔法のこと好きになった？」

「全然。面倒くさい。魔法は嫌い……でも」

ソフィはフッと笑った。

「もう魔法を消したいとは思わない」

その瞳はまっすぐ私を捉えていた。

「ズベリーが魔法を絆と言ったように、私にとっても魔法は友達との絆だから」

「ソフィ……」

「ズベリー、私とも一つ契約をしてほしい。私がいいと言うまで、絶対に死ぬことは許さない。死んだら殺す。地獄の果てまで追いかけて」

「理不尽だ……」

何だか前にも祈さんに似たようなことを言われた気がする。賢人は皆、同じような思考回路をしてるのだろうか。

でも、まぁ。

「そのつもりだよ、私はね」

ソフィの背中が見えなくなったあと「行っちまったね」とお師匠様は言った。

「あの子に必要なのは、理解ある大人でも、先導者でもなくて、同じ歳の友達だったのかもしれないね」

「お師匠様がソフィを代理に選んだのって、ひょっとしてそれが理由なんですか？」

「さて、どうだろうね」

上手くはぐらかされる。相変わらず食えない人だ。背中をじぃとにらんでいると「そういえばあの狼男だけどね」とウーフ君の話を持ち出された。

「花火職人になるそうだよ」

「花火職人？」

「あっちの世界では元々花火職人をしてたんだとさ。先代が亡くなった今、あとを継ぐ決心をしたそうだよ」

「それってもしかして……」

「ここで見た花火がきっかけだろうね」

そこで私はベルトにつけていたビンを取り出す。

二粒量の増えた、涙の小ビン。

ウーフ君とマリーさんの涙が、ここにある。

「いろんな縁が回るもんだなぁ」

「何だいあんた、今回それっぽっちしか集まってないのかい」

「えっ？」

「千粒集めるって意気込んでたじゃないか」

「あ、そうじゃん！　あー、もう！　全然集まってへんやん！」

　計画では余裕で千粒集まるはずだったのに、すっかり失念していた。私ががっくりと肩を落とすと、励ますようにポンと肩を叩かれる。

「来年も花火が上がるんだ、それだけでお前にしちゃ上出来だよ」

　そして「こういうのも悪くないもんだね」とお師匠様はどこか嬉しそうに笑うのだった。


　祭典は終わり、また街に日常はやってくる。でも少しだけ、変わったこともあった。

　魔法が嫌いだった少女は、少しずつ魔法を受け入れようとしている。

　長い時を経て再会した二人は、共に歩むことを決意した。

　私にはまた一人、大切な友達ができた。

　目を閉じると、強く深く、情景が浮かびあがる。

　来年の異界祭り。その中に、自分がいる情景を。

　私は再び日常に帰っていく。

　少しだけ、生きる決意を新たにして。

第7話 魔法のない夕暮れの空は

世界最高峰の魔導師『七賢人』の一人、『永年の魔女ファウスト』の家にはここ数日、奇妙な笑い声が響いていた。

ぐふ……ぐふふふ……ぐふ……


まるで深淵《しんえん》から響くような不気味な声。その声は日に日に大きくなっていた。

そう、まるで夜闇のように。

「ふひひひ、ぐふひひひ」

「だー、もう！　うるさいよ、メグ！」

自室で私が笑っていると、突如としてお師匠様が怒鳴り込んできた。えらい剣幕で。

「何ですかお師匠様。人の憩いの時間にプンスカと」

「あんたがここ最近、夜中に不気味な声を出すからだろう！」

「不気味な声……？　十七の乙女が放つ清々《すがすが》しくも美しい笑い声が？」

「四十のおっさんみたいな声して何言ってんだい。それに私だけじゃない。使い魔たちからもクレームが来てるんだよ」

「小動物たちからも？」

お師匠様はどこからともなく手紙を取り出す。私が何気なくその手紙を開くと、そこには『メグがうるさいのでどうにかしてほしい』と少し歪《いびつ》ながらもしっかりとした文字で書かれていた。

「へぇ、上手いもんですなぁ。動物なのに文字を理解してるとはやるもんだ。……ねぇシロフクロウ？」

　私が声をかけるとシロフクロウはビクリと体を震わせる。

「文字を理解できる知恵の持ち主はそういないもんねぇ。確か以前も、熱心に文字を勉強してたよね。ところでお師匠様、東洋では焼き鳥という串料理がありまして、手羽先、皮、ぼんじりなんてのが美味いらしいですよ」

　温度のない声で言うとシロフクロウはガタガタと震え出す。今にも痙攣《けいれん》して気絶しそうになった時「おやめ」とお師匠様は静かに言った。

「使い魔驚かせてどうすんだい。そもそも、夜中に不気味に笑うお前が悪いんだろう」

「普通に笑ってるつもりだったんだけどな……」

「何だい、ずいぶん溜まってるじゃないか。これ見て笑ってたのかい」

　そこでお師匠様は、ふと私の机に置かれているビンに目をやった。

　机に置かれたビンには、三十粒の涙が入っていた。お師匠様はそれを手にすると左右に振る。

「まぁ、その通りでゴンス」

「ふむ、嬉し涙が二十二、その他が八ってとこかい」

「それって八粒は使えないってことですかね？」

「さてね……お前の集めた涙はどれも清らかなものだから、代用する手段も探せば見つかるだろう」

「ああ、なら良かった。千粒集めなきゃダメな上に嬉し涙が出るかどうかってなると無理ゲーですしね」

「感情の欠片はそれだけ強い力を持ってるんだよ」

「あのー、前から気になってたんですけど、感情の欠片って何なんですか？　祈さんに聞いても知らないって言うし、本にもあんまり載ってないし、あたしゃもうよくわからんです」

嬉し涙ならいいとか、清らかだからどうとか。お師匠様がどういう着眼点でものを見ているのかが、いまいちつかめない。

一つわかることは、現代魔法において感情の欠片は使われていないということだけだ。だから、ますます謎が多い。

私が尋ねると、お師匠様は何故かさみし気な表情を浮かべていた。

「今の魔導師は知らないのさ。時代が忘れたんだ。魔導を志すものが持つべき、本当に大切なことをね」

「それってどういう……？」

「さてね。その答えは自分で見つけな。お前はとにかく、つべこべ言わず千粒集めることを考えるんだ」

お師匠様はそう言うと、なんだか浮かない顔でビンの中を覗き込んだ。何かを確認するようにビンを振っている。

「ところでお前、この涙はどうやって集めたんだい？」

「え？　どうって、街の人を助けたり話を聞いてあげたり、まぁいろいろですよ。これでも苦労してんですよ、あたしゃ」

「にしては急に大量に集めるようになったじゃないか」

「そりゃあもう慣れましたから」

私はフフンと頷いた。

「最近私も鼻が利くようになってきましたからね。ヤンチャそうな子供を連れた親子やら、体の弱そうな老人やら、すぐ困りそうな人を見つけては狙いつけてるんですよ。あとは病んだ会社員とかに優しくしてあげたりね。涙集めなんてもう楽勝っすわ」

「ずいぶん大口を叩くね」

「私もそれだけ成長したってことですよ。何せ世界のソフィと大仕事をこなしましたからね」

先日ラピスの街で行った異界祭りのパレードを経験して、私の魔法のコントロール力は目に見えて上がっていた。

あの時は魔法を乱発しすぎて動けなくなったけれど、練習を続けるうちに魔力の調整や力の入れ方もわかってきた。

魔法の知恵は追々つけていくとしても、技術力があれば怖くはない。それが、私に自信を持たせてくれていた。

すると、お師匠様はしばらく難しい顔をしたあと「メグ」と私を見た。

「お前、しばらく魔法禁止だ」

「はっ？」

突然の言葉に目を丸くする。

しかし、お師匠様はそれを気にしている様子はなく、平然としていた。

私はわなわなと口を開く。

「な、何故です」

吐いた声は震えていた。

「このままじゃ、使いものにならなくなるからだ」

「どうして……」

「胸に手を当てて考えてみな。この答えは、お前が見つけなきゃならない。私が教えたんじゃ意味ないのさ」

お師匠様はそう言うと、静かに部屋を出ていった。

私を一人置いて。

「はっ？」

静かな室内に、私の声だけが響く。

「はっ？」

○

「どうなってるのさ、わけわかんないよもう」

私がテーブルに顎を乗せると「キュウ」と可愛らしい鳴き声をあげて、使い魔であるカーバンクルが頭の上に乗ってきた。対面には、親友のフィーネが呆れ笑いを浮かべ紅茶をすすっている。

私は彼女の家で愚痴を聞いてもらっていた。

「私の集めた涙を見て感心してるかと思いきや、突然『魔法は禁止だ〜』だって。どないなっとんねん。ホンマぶちのめすぞクソが」

「口悪……。まぁ、何か事情があるんじゃないの？　気に入らないからとか、調子乗ってるとか、そんなくだらない感情で理不尽を言い渡す人じゃないでしょ」

「それはまぁ……確かに」

言われてみればそうだ。お師匠様は意味のないことはしない。お師匠様が私に下した指示や命令にはいつも何か意味があった。

私の学びにつながる何か。

私の気付きにつながる何か。

だから私は、それを見つけなければいけない。

自分で考えることの重要性を、私は知っている。それは、お師匠様から教わったことだ。

「魔法を悪用したりしちゃったとか」

「んなわけないよ。殺されるわ。こちとら何年選手や思とんねん」

「街の人からクレームがあったとか」

「ないないない。そもそも、涙流すくらい喜んでんのにクレームとかあった日にはあたしゃもう大暴れですよ」

「ふー、難しいなぁ……」

フィーネはそっとため息を吐くと、ふと気になったように首を傾げた。

「そもそも、嬉し涙ってそんな簡単に手に入るもんなの？」

「ま、私もさ、難しいと思ってたんだけど、コツをつかんだらそんなだったね。女子供や疲れた会社員なんかを狙うとさ、意外とあっさり手に入るんだ。ボロいもんだよ。慣れちゃった」

「詐欺師みたいだよ」

呆れ笑いを浮かべつつ、彼女は紅茶をすすると「でもちょっと残念だな」と呟いた。

「コツとか慣れとか、あんたの口からそういうの聞きたくなかったかも」

「なんで？」

「嬉し涙って、その人にとって一番の喜びの表現じゃん。だから、一つ一つ大切にしてた頃のメグの方が、私は好きだったな」

一つ一つ大切に。

何故だかその言葉は、私の胸の中に引っかかった。

「別に今も雑に扱ってるわけじゃないよ」

「まぁ、それならいいんだけど」

確かに、ずっと嬉し涙を集める喜びを噛みしめるのは正直不可能だ。初めて涙を手にした時と、今の感覚が全く一緒かと言うと、そうではない。でも、だからといって、別に大切にしていないわけじゃない。ここ最近だって、夜な夜な眺めてたから動物たちからクレームが来たんじゃないか。

でも、それは涙を集められて嬉しかったからではないような気がした。

私は増えていく涙を見て、自分の実力を感じていたのだ。これだけ集められるようになったぞ、と……。

「一粒一粒の重み、大事にしなよ」

まるで私の思考を見透かしたかのように、静かにフィーネは追撃する。

「一年間で千粒も集めるんだよ？　ただでさえ難しいし、そもそも命懸かってんだから。ずっと大切にし続けるなんて、不可能じゃない？」

「まぁ、そうかもしれないけどさ。ファウスト様は『使いものにならなくなる』って言ったんでしょ？　それって、あんたの中で、嬉し涙の価値が落ちて使いものにならなくなるってことじゃないの？」

「それとこれとは別な気がするけど。ものは変わらないんだし」

小さく反抗してみるものの、自信はあまりない。

するとフィーネは、何だか優しい笑みを浮かべた。

「人が悩んどんのに何ワロとんねん」

「いや、散々文句言う割には、ちゃんとファウスト様の言いつけを守るんだなって思って。メグって何だかんだ根は真面目だよね。ちょっと見てて面白いかも」

「お嬢はん、見せもんとちゃいまっせ」

くだらない話をしていると、ふと時計を眺めて「あ、いけない」とフィーネは立ち上がった。

「ごめん、このあと約束があるんだった」

「親友である私を差し置いて他に何の用があると言うのか。よもや、男ではあるまいな？」

「それはまぁ……ちょっと、ね？」

「えっ？　ガチで？」

「また詳しく話すから」

半ば追い出されるような形で、私はフィーネの家を出た。突然の親友の変貌に、私は内心呆然とし、トボトボとあてもなく歩き出す。

フィーネに男ができたなぞ、聞いたこともなかった。私ですら作ったこともないのに、友達がどんどん大人になっていく。

「はぁ、そりゃそうか。フィーネたそは学生、私はどこぞの婆さんの小間使いだもんね……」

私が肩を落としていると、二匹の使い魔がどこからともなく私の元にやってくる。

「私にはお前たちだけだよ」

頭を撫でてやると、二匹とも嬉しそうに目を細めた。

「知ってる？　巷《ちまた》では、動物を飼い出した独身女は終わりとか言われてるんだよ」

すると、私の言葉にサッと二匹が距離を取るのがわかった。

シロフクロウがどこかへ飛び去り、カーバンクルの背中をつまんで私の前に持ってきても、気まずそうに目を逸らす。

そうか、君たちもそういう感じなんだね。

「今日の晩ごはんは焼き肉だね」

温度のない私の声に、腕の中のカーバンクルが震えた。

○

あてもなくトボトボと歩いていると、いつの間にか住宅街を抜け、ラピスの中心街へと来ていた。

ここには市場や飲食店、洋服店などの商店が多数存在する。平日昼間でも比較的人が多く、主婦や老人はもちろん、スーツを着たサラリーマンも多い。

「そういやここだっけ、この間嬉し涙を手に入れたのは」

広場まで来て、ふと数日前のことを思い出した。


確かあれは、まだ若い会社員の男性だった。

カレッジを卒業して入った会社。仕事が大変で、毎日夜遅くまで仕事して、ようやくつかんだ商談がご破算になって。なんかもうどうしようもなくて、会社にも戻れず、広場のベンチで呆然としていたところに、私が声をかけた。

少し寒かったからコーヒーを渡して、話を聞いて、持ってた薬草でお香を作って渡してあげたのだ。

その時、確か私は彼に何か言ったんだ。その言葉を聞いて、いつしか彼は嬉し涙を流していた。

久しぶりに、人の優しさに触れた気がする。

確かそんなことを言っていたっけ。

「あの時何か言った気がすんだよなぁ。なんて言ったたっけ？」

カーバンクルに尋ねるも首を振られる。覚えてないというよりは、知らないといった調子だ。聞いてなかったのだろう。

「うーん、泣くってことはよっぽど良いこと言ったんだよね、私。いやね、確かにうだつの上がらない新卒会社員が齢《よわい》十七歳の乙女に話を聞いてもらったなんて、感涙してもおかしくはない出来事だろうけどさ」

私の言葉に何故かカーバンクルはやれやれと首を振る。なんだぁ？　てめぇ。

とは言え。

私は、ただ話を聞いてあげただけで大したことはしていない。そもそも彼ってどんな顔をしていただろうか？　それすらも覚えていなくて、何だか罪悪感。

私はとにかく、数をこなす必要があった。いちいち人の顔なんて覚えていられない。人と向き合うのはそれなりに時間がかかるし、労力も要る。

「泥くさく時間かけて一つ得るのと、効率よく立ち回って百を得るのとでは全然違うじゃん。結果が伴わなくても大変な思いをした方が偉いなんて、もう古いよ。そう思わん？」

「キュイ？」

ただでさえ私には時間がない上に、進捗も遅れている。今は、早く遅れを取り戻さなければならないのに、お師匠様は魔法を使うなと言う。

「はぁ……もう、魔法を使っちゃおうかな」

異界祭りから数日。まだそんなに日が経っていないのにここまで短期間で涙を集められたのは、運もあるかもしれないけれど、ひとえに私の実力がついたということでもあると思う。

だから、お師匠様の教えがなくとも、あとは自分の実力だけでもなんとかなるんじゃないだろうか。そんな気もしていた。

でも、何故だかそれではいけないような気がした。

「メグさん、こんにちは」

ハッとして顔を上げる。全然知らないおじさんが立っている。いや……見覚えがあるような気もする。誰だっけか。

「あぁ、どうも、こんにちは」

適当に会釈して通り過ぎる。すると次はおばさんが「あらメグちゃん、この間はありがとうねぇ」と声をかけてきた。例に違わず覚えはない。

「いやぁ、あれくらいどうってことないですよ、おほほほ」

　そしてまたそそくさと逃げるようにその場を離れる。


「あ、メグさんだ」

「こんにちは、魔女のお嬢さん」

「メグさん、この前はありがとう」

「あ、メグだ！」

「メグちゃんだ！　おーい」

「メグちゃん、今日も元気そうねぇ」


　何だ何だ。歩く度に、大して覚えもない人たちから次々に声をかけられる。

　以前から街の人から声をかけられることは少なくなかったが、今日はちょっと異常だ。いつもの倍くらい呼び止められる。ここまでたくさんの人に声をかけられるのは初めてだ。

　そこで私はその理由に思い至った。

　そうか、ソフィとパレードをやったからだ。

　七賢人のソフィ・ヘイター。世界に名を轟《とどろ》かせる若き天才。その美しく儚気な容姿と人柄、そして人智を超える魔法は、人々の心を魅了する。そんな彼女と私は、この地方都市ラピスの街でパレードをした。

あの一件はテレビや新聞でも話題になったようだから、知らない人が私を知っていてもおかしな話ではない。

「急に声かけてくるなんて、皆ミーハーだね。大衆の抱く感情なんて現金なもんだよ。あのパレードがなかったら誰も私に声なんてかけてこないんだから」

「キュ？」

私の言葉に、カーバンクルは静かに首を傾げる。

その表情は何か言いた気だった。何だよ。

広場から市場を抜け、通りを進むと、いつの間にか駅の方まで来ていた。地方都市ラピスが持つ、他の大都市とつながる唯一のレールラインだ。

天候に影響されやすく、いま地下鉄の敷設も進められているが、完成までにはもう少しかかるかもしれない。少なくとも、開通は私の余命が尽きるよりあとだ。

ボーッとしているうちに、いつの間にかこんなところまで来てしまった。普段なら、今頃買いものやら植物の世話やら魔法に役立つ勉強やらをしていたと思うのだが、何もやる気が出ない。

ふと、乳母車を押す女性が目に入る。少し若い感じの人だ。

ここ最近の私にとって、彼女のような人こそ狙い目だった。いつ困るだろうと見張り、チャンスがあればすかさず飛び込むだろう。

すると、不意に彼女と目が合い、ニコリと笑いかけられた気がした。

えっ？　私？　突然のことにドギマギし辺りを見回す。こういう時に勘違いして手を振ると、大体後ろに別の人がいて恥ずかしい思いをするのだ。

しかし残念ながら私以外に該当しそうな人は存在しなかった。どうやら彼女は私に笑いかけているらしい。


「いやいや、私じゃないでしょ」

「思い出してごらん。きっと知ってる人さ」

「知りませんて、記憶にございません」

「政治家かよ」

「あんたは昔からお馬鹿だから」

「なにおう」

脳内で複数のメグ・ラズベリーが会議を始める。


そうしている間にも、女性はどんどん近づいてくる。

脳内会議をしていたメグたちが「うあー！」とクモの子を散らすように逃げ出した。

「魔女さん！　会えてよかった！　あの時はありがとう」

女性はパッと私の手を取ると、華やかな笑みを浮かべた。

脳内大混乱中の私は「いやははは、どうも、何の何の」と相手の話に合わせて適当な愛想笑いをする。

あの時とはなんだ。別の魔女と勘違いしてないか、この人。でもラピスに住む魔女は私とお師匠様しかいない。

「あなたのお陰で本当に助かったの」

「そりゃ良かったですますはい」

「ねぇ、今時間はある？　よかったらのお礼をさせてもらえない？　お茶でもご馳走《ちそう》するわ」

「あ、えっと……」

断ろうとして、言葉に詰まった。理由がとっさに思いつかない。

「あなたに会いたいと思って、ずっと探してたから。会えてよかった」

「はぁ……そりゃどうも」

○

駅前の少し小洒落《こじゃれ》た喫茶店に私たちは入った。

見知らぬ女性と飲むお茶は、何だか気まずい。

いや、彼女からしたら、私は知っている人か。

「本当に良かった。あの時、あなたが助けてくれて」

「そ、そうですか……」

こうなったらもう乗り切るしかない。話だ。話の中でできるだけ情報を引き出して記憶をたどるのだ。大丈夫、メグ・ラズベリー、私ならできる。

「あの時は大変でしたね、ほら、赤ちゃんが……」

「ええ、この子ったら本当に御転婆《おてんば》で」

「でも見つかって良かったです」

「えっ？　見つかったって？」

「いえね！　私もお姉さんに会いたいと思ってたから、見つかって良かったなって！　ほほほ！」

「私も会えて嬉しかったわ、ラピスの街の魔女さん。たぶん、あなたがいなかったら、今頃きっと主人と大ゲンカだった」

「ご家族仲良いのが一番ですね」

「本当にそうね。最近じゃ、些細な行き違いが原因で別れている夫婦も少なくないから」

「ま、旦那さんも男ですから。過去に女の一人や二人……」

「女？」

「いるわけないですよねー！」

地獄だ。誰か助けてくれ。

私が内心冷や汗をかいていると、不意に彼女が机の上に、見覚えのある懐中時計を置いた。

「ほら、あなたが直してくれた時計。今もちゃんと動いているわ」

そこで思い出した。

この人、先日私が助けた時計の人だ。

赤ん坊が時計を壊してしまって、それが旦那さんのお母さんから受け継いだ大切な時計だった。

でもそれは実は赤ちゃんが壊したんじゃなくて、中の精霊が消えてしまっていただけだったのだ。

私は、困っている彼女に声をかけて、時計の精霊を入れ替えて、もう一度時計を動かした。

その時、彼女は心から安堵《あんど》したように笑みを浮かべ、涙を流したのだ。

「機械的な故障じゃなくて、精霊のせいで時計が壊れることなんてあるのね」

「まぁ、精霊にも性格があって、時計が合わない精霊もいますから。私は新しいのを喚んだだけですよ。それに精霊が応えてくれたっていうか……」

話しているうちに、どんどん思い出してくる。そうだ、私はこの人を見て、以前フィーネの腕時計に宿っていた精霊を還したことを思い出したのだ。また同じことをすれば涙を流してくれるかもしれないと、安直な考えが浮かんだ。そして、実際そうなった。

悪意があったわけじゃない。

でも、少なくともあの時の私の中に、助けたいっていう純粋な気持ちはなかった。

あったのは、涙が欲しいっていう下心と、目の前の仕事をこなすという作業感。過去の経験を使えばいいやっていう短絡的な感情で動いていた。

思い出せば出すほど軽率な自分の感情に、心をぐっと握りしめられるような罪悪感が浮かびあがった。

人を助けるために、技術や経験は必要だ。でもそれは、あくまで魔法の技術や経験であって、決して人の感情の機微に関するものであってはならないんじゃないだろうか。

——慣れたよ。コツがあるんだ。


慣れってなんだよ。コツってなんだよ。

私はいつから、そんなに偉くなったんだ。顔が熱くなるのを感じる。

最初は、誰かの純粋な感情をもらえることに喜びを感じていた。それだけ、自分が誰かの役に立てているんだって実感できたから。

でも、いつからだろう。

人の顔を、まともに見なくなったのは。

人と、まともに向き合わなくなったのは。


店を出て、女性と駅へ向かった。聞いたところ、彼女はこの街の人ではないのだという。私と出会った時は、たまたまこの街に買いものに来ていたそうだ。今日も、わざわざ私を探しにここまで来てくれたらしい。

「魔女さん、大丈夫？　さっきから、何だか顔色が悪いけれど」

「えっ？　あ……ええ、大丈夫です」

女性が心配そうな顔で私の顔を覗き込んでくる。そこで彼女の顔がまともに目に入った。

目元にホクロがある、綺麗な若い人だった。優しそうな目元をして、純粋そうな印象を受ける。

そんな、最初に出会った時に抱きそうな印象を、今さら浮かべている自分に気がついて、余計に混乱した。

　こんな美人だったとは思わなかった。同性なのに、何だかドギマギしてしまう。一緒にいるのも緊張してしまいそうなほど、綺麗な人だ。

　そっか。私、人の顔見て話してなかったんだ。この人の顔を、まともに見てなかった。目には入っていたけれど、何だかフィルターがかかっていたかのようにぼやけていた。

　きっと、彼女だけじゃない。

　私はここ数日、誰の顔もまともに見ていなかったのだ。

　見ていたのは、利益とか、結果とか、そんなものばかり。

　あの祝祭以降、魔女として確立した自信とプライドで、いつしか私は瞳が曇っていた。驕《おご》っていた自分に、気付いてしまった。

「何か悩みごと？　もし困っていたら、私で良ければ相談に乗るわ」

「いえ、大したことじゃないんです。……えっと、お姉さん」

「レイチェル」

「えっ？」

「まだ名前言ってなかったから。私はレイチェルっていうの」

「ああ、私はメグ。メグ・ラズベリーです」

「メグさんね。ふふっ、不思議ね。出会ってずいぶん経つのに、今さら自己紹介だなんて」

「そうですね」

彼女とはまともに自己紹介もしていない。それすらも、私は気付けていなかった。

――あんたは、人の心を開かせることができる魔女なんだね。


いつか、お師匠様が私に言ってくれた言葉が思い返される。

今も私は、そうなのだろうか。わからなくなる。

「レイチェルさんは自分が間違ってたって思った時、どうしますか？」

気付けば、そう尋ねていた。

私の質問に、レイチェルさんは虚を衝かれたような表情を浮かべる。

「間違い？」

「何というか、人から優しいねって言われてた子が実は計算と打算で動いてて、今まではそんな自分に気付いていなかったんだけど、ふとした瞬間に気付いてしまった、みたいな」

意味がわからなそうな表情。そうだよね。こんな話されても、わかるわけないよね。

「すいません、変なこと聞いちゃいました。忘れてください」

しかし彼女はゆっくり首を振ると、静かに口を開いた。

「間違いだったなって思うなら、素直に自分の非を認めて、もう一度やり直すと思う」

「やり直す……」

「間違いは誰にでもあるもの。大切なのは、その間違いを通じて、変わることだと私は思うわ」

「変われますかね」

「変われるわ、きっと。変わりたいっていう気持ちがあるなら」

そして彼女はニコリと笑みを浮かべる。

まるで女神のように、清らかな笑顔だった。

○

レイチェルさんを改札まで見送って、私は再びトボトボと街を歩く。励まされたのに気持ちは落ち込んだまま。こういう気持ちをどう表現すれば良いのか、自分でもわからない。

こういうウジウジしたのは苦手だ。悩むのは性に合わん。

さっさと気持ちを切り替えたいのに、ずっと心に重たい感情がまとわりつく。

歩いていると、街の高台に続く長い階段へと到着した。すっかり中心街から離れた場所に来てしまったようだ。この辺りには普段あまり足を運ばない。

その階段の前に、大きな紙袋を持ったおばあさんが座り込んでいた。

困っている。どう見ても困っている。

でもきっと、この人を助けても涙を流さないだろう。荷物を運んだだけで涙を流すほど、人は安くない。

「おばあちゃんどったの？　私でよかったら手伝うよ」

でも私は声をかけた。

さっきまでの私だったら、そうじゃなかったかもしれない。きっと、涙を流さない人だって、無視してどこかに行ってしまったかもしれない。

でも、今は違う。

もし、私が変われるのだとしたら、ここからだ。

だから、もう一度始めたい。

涙を流そうと流さまいと関係ない。ここで声をかける自分と、声をかけない自分。その二つを天《てん》秤《びん》にかけた時、私は声をかけられる自分でありたかった。

私は、私の誇れる自分でありたかった。


「ぐひぃ、重いぃ！」

長い長い階段を、私は紙袋を抱え老婆を背中に背負って上っていた。どうやらこの階段の先、街一番の丘の上に、おばあさんの家はあるらしい。

「大丈夫？　私まで運ばなくても良かったんだけどねぇ。降りようかい？」

「不要！　女子に二言はない！」

鼻でフーフーと息をしながら私は言った。

寒い季節なのに額から汗がこぼれ出る。吐く息が白く染まり、鼻水が垂れてきた。

何故私は魔女なのに肉体労働をしてるのか。こういう時こそ魔法を使うべきではないか。疲れた体で朦朧としながら思考する。

重力無効の魔法を使えば荷物もおばあさんも軽くできる。

肉体強化の魔法を使えば一時的にだが力を上昇させられる……次の日筋肉痛になるけど。

今日を通じて、いろいろと自分でも気付きがあったはずだ。自分なりに改めようと思った部分があったし、反省もした。

だから、もういいじゃん。

使っちゃおうかな、魔法。

そんな悪魔の声が脳裏にこだまする。

私は頭を振ると、その考えを振り払い、目の前に集中した。

まずはここから始めるんだ。これは、私にとってもう一度立つための儀式みたいなものなんだから。

「はぁぁ、づがれだぁ」

ようやく頂上にたどり着いておばあさんと荷物を降ろした私は、まるでスライムのようにその場にぐにゃりと倒れ果てた。

ゴロンと寝転がり空を仰ぐ。星が微《かす》かに瞬いており、宵の色彩が混ざり始めていた。夕焼けに照らされて吹き付ける風は、冷たいが心地いい。

「お疲れさま」

そんな私の顔を覗き込むように、おばあさんがひょこりと顔を出す。

「すまないねぇ、腰を痛めてなかったら普段は問題ないのだけれど。自分の歳を考えないと駄目ねぇ」

「こ、ここまで来たら、もう、大丈夫だよね……」

「ええ。本当に、どうもありがとう」

おばあさんはニッコリと笑うと、階段にそっと腰掛けた。

「あなた、ファウスト様のお弟子さんのメグちゃんね。最近、人助けをして回ってるって聞いていたけれど、本当に偉いねぇ」

「そ、そうっすか……。聞いたって、一体誰から？」

「お店の人や、街の人、いろんな人が、話してくれてたのよ」

「へぇ……何でだろ」

私は、むくりと体を起こす。

「もしかして、私がソフィと魔法パレードをして有名になったから、みんな私の行動を見てくれてるのかな」

「魔法パレード？」

「ほら、異界祭りの時の」

「あぁ……あの時の花火は見事だったねぇ。七賢人の魔女さんが、わざわざファウスト様のためにこの街で催しをしてくださったんだから。それだけ、ファウスト様が偉大なお方なんだろうね」

「うんうん……うん？　私は？」

「ごめんねぇ、あなたのことは気付いてあげられてなくて。あれだけの人混みだと、あなたを直接見られた人は少なかったんじゃないかしら。ほら、旅行客とかもたくさんいたでしょう」

「確かに……」

私は世界的な有名人と共に仕事をしたことで、自分が有名になったと思っていた。

でも、街の人の目には、実は私の仕事なんて全然目に入ってなかったんだろう。

あの祭りで私がやったことは、七賢人ソフィのサポート。見に来ていた観客も、ほぼ全員がソフィが目当てだった。イベントスタッフとか、芸能人のマネージャーの顔をわざわざ覚える人はいないように、あのパレードで私の顔を覚えた人なんて、たぶんほとんどいない。


私がこうしていろんな人に知ってもらえていたのは、他ならぬ私自身のおかげだったんだ。


知らない間に私はずいぶんと頑張っていたらしい。

なんでそんなに頑張ったんだろ。命が懸かってるからかな。

考えていると不意に「綺麗だねぇ」とおばあさんが声を出し、私は顔を上げてその視線を追った。

夕陽に照らされたラピスの街が一望できた。

私が愛した、故郷の街が。


ああ、そうか。

私は何となく思う。

私、この街に住む人が好きだったんじゃん。

頑張ってこれたのは、私が助けてあげたいって思って行動してたからだ。

そんな当たり前のことを、いつの間にか忘れていた。

「報酬だねえ、これは」

「報酬？」

「頑張った人へ、ラピスの街からのご褒美だよ。毎日毎日街のために頑張ってる——ラピスの魔女さんへのね」

「そうかもね……」


おばあさんを家まで送り届け、私は少し遠回りをして駅の方へと向かう。

「ラピスの魔女かぁ……」

おばあさんがくれた呼び名を口にしてみる。

その呼び名が、何だか誇らしい。

重かった足取りが、いつの間にか軽くなる。スキップするように、弾むように、私は道を歩いた。

街を抜け、住宅街を通り、人混みを抜け。

「あ、メグちゃんだ」

「お疲れさま、魔女のお嬢さん。今日はもうお帰りかな？」

「メグ、お仕事お疲れさま」

「またメグだ！」

「メグちゃん！　バイバーイ！」


声をかけてくれる人たちの顔が、今はよく見える。

私が好きな、ラピスの街の人たち。その人たちの顔を、私は全然ちゃんと見れていなかった。

知らない人だと思ってたのに、誰も彼もよく見れば見覚えのある人ばかりじゃないか。

「魔女さん」

不意に声をかけられて振り返ると、スーツを着た若い男性が立っていた。

その姿を、私はよく覚えている。

「あれ、仕事病みしてた兄ちゃんじゃん。奇遇だねえ」

「いま帰りかい？」

「いや、ぶらぶらしてるとこ」

「じゃあちょうど良かった。これ、この間のお礼」

差し出された紙袋を受け取って、私は「どうも」と答える。

中身は焼きたてのパンだった。

「わぁ、これ角のベーカリーのやつじゃん。お師匠様が大好きなんだよね」

「今から届けようかと思って買ってきたんだ」

「わざわざ？　そんな、良かったのに」

しかし、彼は首を振った。

「どうしても君にお礼がしたかった。あの時、仕事で追い込まれてて、誰にも話を聞いてもらえなくてパンク寸前だった。そんな時に、君に声をかけてもらって……救われた気がしたんだ」

「大げさだよ」

「君が言った言葉、よく覚えてる」

「そんな気の利いたこと言ったっけ？」

「『誇りを持て』って」

「誇り？」

「どんな時も、誇りを持てる自分でいろって。世界中の人間が裏切っても、自分だけは絶対に自分を信じ続けろって君は言ってくれた。それが、いつか自分の支えになるからって」

彼はそう言うと、深く深く頭を下げた。

「僕はあの時、仕事に全く成果が出せなくて、自信を……自分を、見失ってたんだ。そんな僕に、君は『やるべきことをやってるなら何も間違ってない』って言ってくれた。あの時は本当にありがとう」

「いやいや、私は話を聞いただけだからさ。頭を上げておくれよ」

「でも……」

「報酬はこのパンで十分。また困ったことあったらいつでも言って、力になるから」

彼はゆっくりと顔を上げると、静かに笑みを浮かべた。

「わかった。期待してるよ――ラピスの魔女さん」


去りゆく男性の背中を見送りながら、私は静かに深呼吸する。

「ラピスの魔女か。いい二つ名をもらったじゃないか、メグ」

声がして振り返ると、そこに永年の魔女ファウストが立っていた。

「お師匠様、どうしたんすか、こんなところで」

「迎えに来たんだよ。掃除も炊事もサボってほっつき歩いてる馬鹿な弟子をね」

「ウゲッ」

思わず渋い声が出るけれど、それ以前に私には気になることがあった。

「お師匠様。今、二つ名って言いました？」

それは、実績ある魔女だけが持つはずの栄誉の称号のはずだ。

しかしお師匠様は「あぁ」と頷いた。

「今では二つ名も、勲章みたいに扱われるけどね。その本質は、人々からの認めにある」

「認め……」

「人々が魔導師を認めた時、人々は感謝と信頼をもって特別な名前を授けてくれる。それが、二つ名の本当の由来さね。お前に与えられたラピスの魔女は、人々がお前を認め、感謝した何よりもの証拠だ」

　お師匠様はそう言うと、いつもの含みのある笑みを浮かべる。

「お前はもう『ラピスの魔女』メグ・ラズベリーだよ」

「私が、ラピスの魔女？」

「メグ、今日お前に声をかけてきた人たちはね、みんながお前を『ファウストの弟子』ではなく、一人の魔女『メグ・ラズベリー』として認めていたんだ」

「あっ……」

　そういえばそうだった。思えば今日一日、ずっと心のどこかで、違和感を抱いていたのだ。

　今まで誰もが私を『ファウスト様のお弟子さん』と呼んでいた。

　でも今日は違う。

　たくさんの人が私の名前を知り、そして私のことを名前で呼んでくれていた。


　――あなたはまだ、認められていない魔女なんだね。

　――あなたはどうして魔法を学ぶの。

　――何となく魔法を学び出したズベリーには、魔法を学ぶ明確な目的がない。ファウストに教えを受けているのに、あなたがまだ『認められていない魔女』なのは、それが理由。


ソフィと初めて会った日に、彼女が言っていた言葉を思い出す。

その本当の意味が、わかった気がした。

私は、今までただ何となく魔法を学んでいた。目的も目標もなく、ただそうしなければならないから、という理由で。

でも、嬉し涙を集め始めてから、私は魔法を学ぶことに明確な目標を持つようになった。たくさんの人を助けるために、たくさんの人に喜んでもらうために、私は魔法を学ぶようになった。

そんな私の姿を見て、街の人たちは、私をラピスの魔女だと認めてくれたんだ。

胸がいっぱいになる。目頭が熱くなるのを感じて、思わず私は唇を噛んだ。

すると、お師匠様は満足気に微笑んだあと「さぁ帰るよ、メグ」と歩き出した。

「今夜は冷えるからね。シチューさね」

「本当ですか!?　お師匠様のシチューって、久々ですね！　お祝いでもないのに、良いんですか？」

「何言ってんだい。二つ名をもらったんだ。十分祝うに値するだろう」

「お師匠様……」

私はそっと洟をすする。

「そうだ、ちょうど焼きたてのパンもあるんです。お師匠様の好きなやつ！」

「あぁ、冷めないうちに帰らないとね」

「よぉし、お腹パンパンになるまで食べるぞぉ！」

私とお師匠様は並んで歩く。手に持ったパンからは香ばしい香りがして、夕焼けの景色が世界を美しく染めていた。

「ねぇ、お師匠様」

「なんだい？」

「今日一日魔法を使わなかったことで、お師匠様の言葉の意味がわかりました」

私は顔を上げ、お師匠様を見る。

「使いものにならなくなるのは、感情の欠片じゃなくて、私の魔法だったんですね」

お師匠様は、まっすぐ私を見つめていた。私は続ける。

「私は今日まで、知識をもって魔法を唱えれば、それでいいんだと思っていました。でも、違った」

お師匠様は黙って私の話を聞いてくれている。

「不思議だったんです。誰かのために放った魔法は、私が思ったよりもずっと強い力を持ってたから」

たくさんの人の顔が浮かぶ。

私が関わった、私に大切な涙をくれた、ラピスの街の人たちが。

「魔法は、技術と知恵だけじゃない。心があって初めて完成するんだって、気付いたんです」

それはきっと、とうに廃れてしまった古い魔女の教え。

だけどそれは、魔法にとって、魔女にとって、最も大切なこと。

「メグ、偉大な魔女はね、たった一つの気付きから始まるんだ」

「はい」

「今日お前が気付いたことを、一生涯気付けずに死んでいく魔導師がたくさんいる。その中でお前は、それに気付くことができた」

「……はい」

「お前は人の心を開くことのできる魔女であり、普通の魔導師では気付けないことを見つけられる魔女だよ」

「じゃあ、いつかお師匠様みたいな偉大な魔女になれる？」

「それは、これからのお前次第さね」

そこで私は、ずっと気になっていたことの答えを見つけた気がした。

「ひょっとして、お師匠様が私を弟子に取った理由って……」

すると、永年の魔女ファウストは、少しだけ嬉しそうな、含みのある笑みを浮かべたあと。

「さてね」

と、顔を逸らした。やっぱり教える気はないらしい。


どこからか子供が笑っている声が聞こえ、車が緩やかに走り、街が茜色に染まっていた。

人々の喧騒《けんそう》が夕暮れを思わせ、家路につく人たちは少しだけ疲れた顔をしている。

この街が、私は好きだ。

私はたくさんの人を助けるうちに、いろんなケースに対処できるようになっていた。

しかし、効率を考えるうちに、純粋な宝物だった嬉し涙たちは、私の下心の塊になっていった。

一番大切な、相手の気持ちを考えることを忘れていた。

人のために必要な方法を考えて、時には学んで、文字通り命懸けで行動して。

きっと、私が成長してこられたのは、誰かのために全力で行動していたから。誇りを持った仕事をしていたからなんだ。

私にとって嬉し涙の価値は、ただ寿命を長引かせるためだけの道具じゃない。

縁や、学び、経験、心……たくさんのものを得るための、人と結ぶ大切な絆。

私にとって大好きな人たちが少しずつくれた、想いの結晶なんだ。

その証拠に、最近、私に声をかけてくるようになったのは、私が助けてきた人ばかりだったじゃないか。

どこからともなくシロフクロウがやってきて、私の肩に着地する。

「あ！　お前、今さらノコノコと。この卑怯者《ひきょうもの》」

「ホウ」

飄々《ひょうひょう》とした使い魔が、どこか小憎たらしく、どこか愛しい。今日のところは、許してやるか。

「ほれ、何やってんだい、メグ。シチューが冷めちまう。さっさと帰るよ」

「あ、はい、ただいまー！」

魔女にとって大切なものを、少しだけ、私は知ることができた。

きっとまだ知らないことはたくさんある。でも今日、自分がやってきたことは無駄じゃなかったのだと教えられた気がした。

私のベルトには嬉し涙の入ったビンがくくりつけられている。

この中に輝く涙は、私の勲章で、大切な宝物。

私の余命が尽きるまで、あと十ヶ月。

人生で忘れられない時を、私は生きている。

私は二匹の使い魔と顔を合わせて、静かに笑みを浮かべた。

「じゃあ、帰ろっか」

エピローグ
孤独な魔女

地方都市ラピスの駅に、一本の列車が停《と》まる。

開いたドアから、一人の老婆が顔を出した。

ファウストという名のその老婆は、世界で三本の指に入る魔女だった。

街の人は、誰もが偉大な魔女だとファウストを敬い、讃える。


「あぁ、今回の出張は肩が凝ったね」

少し肩を動かせば、ポキリポキリと肩が鳴る。魔法で老化を止めてあっても、老いたものは隠せない。

今回の出張はいつになく長期のものだった。お陰ですっかり家を空けてしまった。魔法で埃《ほこり》などが舞わないようにしてあるとは言え、長期間家を空けることには抵抗がある。一人暮らしは気ままだが、家を見てくれる人がいないのが不便だ。

改札を抜け、街を歩く。魔法を使えばわざわざ歩く必要もなかったが、何となく街を見てから帰りたいと思った。たまにこうして、街の空気に触れておくことは、ファウストにとって大事なことだからだ。

道を歩くと、皆が遠巻きにファウストを見つめるのがわかった。誰も声をかけてこない。距離を取られている。避けているのではなく、畏怖しているのだ。誰も彼も、偉大な魔女であるファウストに声をかけられないでいる。

「やれやれ、こう見られてたんじゃ、歩きづらくて仕方がないね」

ファウストはそっとため息を吐きながら歩を進めた。

すると、後ろから走ってきた子供がファウストを追い抜いた。ぶつからないよう慌てて身をひねると、直後に子供は足をひねって転んでしまう。

「大丈夫かい？」

ファウストが屈《かが》んで子供の手を取ろうとした時。

「こら！　何やってるの！」

飛び出すように母親が現れ、引ったくるように子供を抱きかかえた。

「ファウスト様、申しわけありません！　この子がとんだ失礼を！」

母親は、土下座に近い勢いで頭を下げる。

「あぁ、謝ることないさ。怪我がないならそれでいい……」

ファウストが皆まで言う前に、母子は逃げるようにその場から去ってしまった。

衆人環視の中、ファウストだけがその場に取り残される。

「やれやれ。とんだ騒ぎだね」

ファウストはゆっくり立ち上がり、視線を戻す。すると、自分に集まっていた視線が、さっと外れた。

ファウストは再び歩く。

少しだけ、表情に陰りを浮かべて。


街を巡って家に帰ると、すっかり日が暮れてしまった。

真っ暗な我が家が、自分を迎えてくれる。

「ただいま」

声をかけるも、誰もそれに答える者はいない。暗い我が家と静寂だけがそこにある。

「……食事の準備でもするかね」

一人の食卓。

室内に、カチャカチャと食器のぶつかる音と、時計の針が刻む音が響く。

すっかり作りなれたシチューを食べながら、ファウストは考えごとをしていた。

偉大な魔女になろうと思ったのは、いつだったか。

もう遠い昔の日のことだ。師事していた魔術の先生に、褒めてもらったことがきっかけだったと思う。


――ファウスト。あなたはきっと、素晴らしい魔女になれるわ。だから、たくさん人を助けて、人に喜ばれる魔女になりなさい。いろんな人の役に立って、たくさんの人に笑顔になってもらえる……そんな魔女にね。

記憶は曖昧だが、先生の言葉は今も鮮明に覚えている。

誰かに認められたことが嬉しくて、学べば学ぶほど魔法の技術は伸びて、夢中になってのめり込んだ。

あれからもうどれほどの時が経ったろう。

誰もが認める偉大な魔女と言われるようになった。

人に頼られ、人を助け、魔法を洗練させ、知恵をつけ、経験だって積み重ねた。

だけど、誰も笑ってはくれない。

昼間の、母親の怯えたような視線が思い起こされる。

いつから自分は……あんなに怯えられる魔女になってしまったのだろうか。

「どうにも食が進まないね……」

皿に入れたシチューは、すっかり冷めきっていた。


その少女を預かったのは、いろんな縁が巡ってのことだった。

魔法協会の養護施設に引き取られた少女。

その瞳の奥に、ファウストは光を見た。

この子は人を引き寄せる希望を宿している。

「おいで、今日からお前は家族だ。いいね、メグ・ラズベリー」

それから、十数年が経った。


地方都市ラピスの駅に、一本の列車が停まる。

開いたドアから、一人の老婆が顔を出した。

世界で三本の指に入る、偉大な魔女だ。

「やれやれ、年々出張が多くなるね」

今回の出張は長期のものだったが、あまり不安はなかった。あるとすれば、置いてきた弟子がとんでもない悪さをしでかしていないかだけだ。

今日は疲れが溜まっているから、久々にマッサージでもさせようか、などと考える。

「おかえりなさい、ファウスト様」

改札を抜ける際、駅員が声をかけてきて、足を止めた。

「メグちゃん、今日は大量の動物に追いかけられていましたよ」

「何やってんだいあの子は……」

どうやら今日も騒ぎを起こしていたらしい。あの弟子は、少し目を離すとすぐ騒ぎを起こす。お陰で歳を取ったなどと腑《ふ》抜《ぬ》けたことを言っている暇もなくなった。

改札を抜け、街を歩く。

魔法を使えばわざわざ歩く必要もなかったが、何となく街を見てから帰りたいと思った。たまにこうして街の空気に触れておくことは、ファウストにとって大事なことだからだ。

商店街を歩いていると、通行人が次々と頭を下げてくる。


「おかえりなさい、ファウスト様」

「メグちゃん、今日は何だか大量に買いものしてくれましたよ。今晩はごちそうだとか」

「この間はありがとうございました。メグちゃんはお元気ですか？」

「ファウスト様、メグ姉がひどいんだよ。うちのパンすぐ値切ろうとしてくるんだから」


ここ数年で、ずいぶんと街の人から声をかけられるようになったと思う。

街の人たちは皆、口々にメグの名前を話に出す。騒がしい弟子が街を歩くたびに、誰かが嬉しそうにファウストに報告をしてくれるのだ。

メグの存在は、ファウストと街の人たちの架け橋になっていた。

その時、不意に前を歩いていた女の子が転んでしまった。脚がもつれたのだろう。

「大丈夫かい？」

ファウストはどこか既視感を抱きながら、子供に声をかける。立ち上がらせると、特に怪我はしていなかった。

「ファウスト様！　ありがとう！」

どこか見覚えのある少女だった。

すると一人の男性が駆け寄ってきた。

「あぁ、ファウスト様。ありがとうございます」

「ヘンディか。この子、お前の娘だね」

「ええ。アンナといいます。アンナ、怪我はないかい？」

「うん！　大丈夫！　ファウスト様！　あのね、メグちゃんは元気にしてますか⁉」

「あぁ、元気だよ。元気すぎて困るくらいさ。……あの子も有名になったね。こんな小さな子までメグのことを知ってるんだから」

「先日メグちゃんには本当に助けてもらいましたから」

「うん！　とっても綺麗な花を見せてくれたの！」

「……そうかい」

ヘンディとアンナを見送り、ファウストはゆっくり深呼吸すると、街を見渡す。

少しずつ、街が変わろうとしているのを感じた。

畏怖の視線が、いつの間にかたくさんの笑顔に変わっている。

きっかけはあの子だ。新しい風が吹くように、メグが歩くと、少しだけ街の人が元気になっている。その風が、ファウストの元にも吹いている。

かつて足取りが重たかった家路は、今では少しだけファウストの歩《あゆみ》を進ませていた。

街を巡っていると、すっかり日が暮れてしまった。

魔女の森を抜けると、家が見えてくる。暖かな光が中で灯《とも》っており、ファウストを優しく迎えてくれた。

そっと扉に手を掛け、開く。

すると、たくさんの小動物に囲まれて、大きな鍋を抱えたメグが迎えてくれた。

「お師匠様、おかえりなさい！　遅いですよっ！　今日はとっておきのスープなんですから！　あっ！　こらぁお前たち！　危ないから足元に立つなって！」

家に帰ると、たくさんの使い魔と、メグが出迎えてくれる。

明るい声、暖かい光……そして、家族。

何だかその光景が、無性に嬉しく、愛しい。

「あぁ、ただいま」

ファウストは、そっと微笑みを浮かべた。


この子はまだ思いもしないだろう。

自分が『永年の魔女』の名を継ぐことになるなんて。

時間はあまりない。

あの日視た光景が事実なら、私の命はもう長くないのだから。
その事実に気付いているのは、今はまだファウストただ一人だけ。
でもその話はまた、別の機会に。

あとがき

この度は『ある魔女が死ぬまで』をお読みくださりありがとうございました。

趣味で小説を書き始めて十七年。こうした機会をいただけていることに、非常に驚いています。

人生何が起こるかわからんものです。


この小説を本にするうえで、本当に色んな方のご協力いただき、形にできました。

イラスト担当のコレフジ先生、担当編集の田端《たばた》さんを始め、この本に関わってくださった方々には感謝の言葉もございません。

そして何より、この本を手にしてくださった読者の皆様。

数ある物語の中から見つけてくださり、本当にありがとうございました。


メグは僕に、たくさんの夢を見せてくれました。

願わくば、この本を手にしてくださった皆様にも、メグが物語を通して大切なものを届けてくれることを心から祈っています。

坂《さか》

電撃の新文芸

ある魔女《まじょ》が死《し》ぬまで
-終《お》わりの言葉《ことば》と始《はじ》まりの涙《なみだ》-

著者／坂《さか》

イラスト／コレフジ

2021年12月17日　初版発行
2024年７月20日　再版発行

発行者／山下直久
発行／株式会社ＫＡＤＯＫＡＷＡ
〒102-8177　東京都千代田区富士見2-13-3
0570-002-301（ナビダイヤル）
印刷／TOPPANクロレ株式会社
製本／TOPPANクロレ株式会社

【初出】……………………………………………………………………………………

本書は、2021年にカクヨムで実施された「電撃の新文芸2周年記念コンテスト」で【熱い師弟関係】部門の《大賞》を受賞した『ある魔女が死ぬまで -メグ・ラズベリーの余命一年-』を加筆修正したものです。

ISBN978-4-04-914054-5　C0093　Printed in Japan

ファンレターあて先

〒102-8177
東京都千代田区富士見2-13-3
電撃の新文芸編集部

「坂先生」係
「コレフジ先生」係